Agustøn, Josθ.
La miel derramada

2007.
3330522846035
gi   05/15/13

P9-BIW-377

CONTEMPORÁNEA

José Agustín nació en Acapulco en 1944. Poco menos de dos décadas más tarde comenzó a publicar, colocándose a la vanguardia de su generación. Fue miembro del taller literario de Juan José Arreola, quien le publicó su primera novela, *La tumba*, en 1964. Ha sido becario del Centro Mexicano de Escritores y de las fundaciones Fulbright y Guggenheim. Ha escrito teatro y guión cinematográfico, ámbito en el que dirigió diversos proyectos. Entre sus obras destacan *De perfil* (1966), *Inventando que sueño* (1968), *Se está haciendo tarde (final en laguna)* (1973; Premio Dos Océanos del Festival de Biarritz, Francia), *El rey se acerca a su templo* (1976), *Ciudades desiertas* (1984; Premio de Narrativa Colima), *Cerca del fuego* (1986), *El rock de la cárcel* (1986), *No hay censura* (1988), *La panza del Tepozteco* (1993), *Dos horas de sol* (1994), *La contracultura en México* (1996), *Cuentos completos* (2001), *Los grandes discos del rock* (2001), *Vida con mi viuda* (2004; Premio Mazatlán de Literatura) y *Armablanca* (2006). Ha publicado ensayo y crónica histórica, destacando los tres volúmenes de *Tragicomedia mexicana* (1990, 1992, 1998).

JOSÉ AGUSTÍN

La miel derramada

DeBOLSILLO

La miel derramada

Primera edición en Debolsillo, 2007

D. R. © 1992, José Agustín Ramírez

Foto de portada: Francisco Mata Rosas

Derechos exclusivos de edición en español reservados
para todo el mundo:

D. R. © 2007, Random House Mondadori, S. A. de C. V.
   Av. Homero No. 544, Col. Chapultepec Morales,
   Del. Miguel Hidalgo, C. P. 11570, México, D. F.

www.randomhousemondadori.com.mx

Comentarios sobre la edición y contenido de este libro a:
literaria@randomhousemondadori.com.mx

Queda rigurosamente prohibida, sin autorización escrita de los titulares del «Copyright», bajo las sanciones establecidas por las leyes, la reproducción total o parcial de esta obra por cualquier medio o procedimiento, comprendidos la reprografía, el tratamiento informático, así como la distribución de ejemplares de la misma mediante alquiler o préstamo públicos.

ISBN: 978-970-780-523-1
ISBN: 970-780-523-4

Impreso en México / *Printed in Mexico*

LUCRECIA BORGES

Lucrecia Borges trabajó hace algunos añejos en la casa. Era una criada de ochocientos setenta y cuatro años, usaba vestido de percal hasta los tobillos y un inolvidable rebozo. Rebozo. Era bigotona, bocona, arrugada, orejuda y apestosa.

Recuerdo que una vez, al desayunar (L. B. había ido a su fantasmal pueblo), Violeta contó que Lucrecia tenía ocho hijos (cinco regalados y dos que vivían en su pueblo). Después, oí que Violeta cuchicheaba a Humberto:

—No confío para nada en Borges, Humberto. Las vecinas creen que es aymishijos. Además, de repente le entra una mirada brillantísima, canalla: ¡zas!, ¡le agarra la mano al lechero! El señor se puso pálido pálido, quería echarse a correr. Pero Borges no le soltaba la mano, Humberto, ¡al contrario, la apretaba! ¡Suélteme, vieja loca, suélteme! Borges no decía *nada*, nomás apretaba la mano del lechero...

—Andaba caliente —diagnosticó Humberto, entre risas.

—*Ay*, Humberto.

Luego, a veces, yo la veía en el jardín. Sentada en cuclillas, con su horrenda falda gris hasta los pies. ¡Cerca de la piedra! Patarrajada infeliz, pensaba. Todo el tiempo traía un chicle atómico en la boca. Chacachaca siempre. ¡Caray!, ponía nervioso.

Pero el asunto fue un día en que estaba dormido, como a las once de la mañana. Me había desvelado o algo así, y milagrosamente, Humberto no enchinchó para que me levantara. Supongo que Borges entró a limpiar el cuarto, cuando contempló mi rostro angelical, embellecido por el sueño. Sentí algo rasposo en la boca; creí que era un mosco, agité la mano y seguí dormido. Pero, pácatelas: otra vez. Algo rasposo, seco.

Desperté de golpe, para ver la nauseabunda cara laberíntica de Lucrecia Borges a cero centímetros de distancia. Si no apestaba, de cualquier manera sentí un olor fétido y la náusea en mi boca. Debo haber abierto los ojos al máximo, porque ella sonrió (¡seductora!) y entrecerró los ojillos.

Me cubrí rápidamente con las colchas, temblando a mil oscilaciones por segundo. Estaba paralizado, oyendo cómo la cínica Lucrecia Borges empezó a limpiar, con toda calma, el cuarto.

Por supuesto, empecé a sentir un miedo cocoliento cada vez que veía a la criada. Ella sólo sonreía, mostrando su boca chimuela. Como buen retrasado mental que soy, nunca dije nada. Pero cuando me hallaba solo, Lucrecia aparecía. Yo escapaba. O quedaba paralizado. Entonces, Lucrecia, toqueteando mi brazo, tienes bonita carnita, niño, decía.

Corre, corre, huye del pecado, de la lujuria, de los excesos, me decía con la mentalidad mocha que me caracterizaba en aquel entonces (al grado de tenerme apantallado los lasallistas del Cristóbal: quería ser hermano y hasta había escrito en mis cuadernos Trabaja y Ora). En esos momentos, por más que oraba, Diositosanto no acudía a salvarme de Monstruolascivo. A veces me sorprendía descuidado y tocaba mis muslines, o las pompis. Yo, helado, echaba a correr.

Veía la cara risueña, tranquila de Violeta y por más que intentaba, nunca me atrevía a contarle. Para entonces, Lucrecia aparecía hasta en el huevo estrellado, toqueteándome, diciendo ven aquí, niñito lindo, no te voy comer. ¡Mangos, Satán, no me chingarás! Palabra que vivía angustiado, pensando en Borges y en su carne flaca, sucia, llena de arrugas.

Pero el colmo fue una mañana de sábado en que me estaba bañando. Tralalalá, cantaba feliz, olvidado de Borges, en la plenitud de mi inocencia. Hacía un escandalazo con mis berridos, tralalay, lalay, laralalaaaaay. Cerré las llaves del agua. Listo. Mmmm. Mu mien. Rico sentirse fresquín. Me sequé con la acuciosidad de siempre y cuando abrí la cortina (de golpe, con un movimiento seco), advertí a Lucrecia Borges, la Infatigable Garañona, sentada en la taza del baño, viendo mi cuerpo desnudo, coloradito, con los pelotes parados, con la toalla (azul) en la mano. Casi pego un grito. Ella se acercó ladinamente.

—¡Lárguese, vieja desgraciada! —chillé, dando manotazos, porque la canalla quería gozarme—. ¡Estése sosiega, maldita, váyase o le grito a mi mamá!

Ella retrocedió unos pasos, respirando agitada por el vapor que llenaba el baño.

—Órale, niño, si también tú tienes hartas ganas...

Sentí un nudo gigantesquísimo, los ojos húmedos. Borges alzó sus faldas y mostró unas piernas prietas, como de cuero, con medias hasta la rodilla; y también se vislumbró su hoyo, lleno de pelos secos, erizados, polvosos. Con mirada febril y la falda en la cintura, trepó en la taza del excusado. En cuclillas, abrió los muslos al máximo, dejando ver su vagina gigantesca: carne color ladrillo bajo los pelos.

—Ándale, aquí podemos bien —cacareó.

Entonces fue cuando apreté la toalla con todas mis fuerzas y

—¡Mamá, mamá, mamá! —empecé a aullar como desesperado, chillando a mares.

AHÍ VIENE DALILA

Run Samson run Delilah's on her way
Run Samson run you ain't got time to stay.
SEDAKA & GREENFIELD

Día nublado con vientos soplando violentamente. El jet de Chicago se retrasaría una hora, a causa del tiempo. Vi el enorme reloj: eran las cinco de la tarde. Miré a mis padres y a mi prima sentados, con los gruesos abrigos colgando en sus cuerpos.

—¿Ahí piensan estar hasta que llegue?

Mi padre asintió, y entonces, balbucí que estaría en el café. Mi prima se levantó, anunciando que me acompañaría. Tras encoger los hombros, me dejé seguir.

Pero no fuimos a la cafetería: entramos en el bar.

—¿Conoces a esa tía?

—No; jamás la he visto.

—Dice mi madre que vive en Chicago desde los once años.

11

—Algo oí de eso.

—Y que allá se casó.

—¿Está casada?

—Sí.

—Allá ella.

—En efecto, yo no me pienso casar en bastante tiempo.

—Porque no tienes con quién.

—*Tú* sabes que eso no es verdad.

—Yo no sé nada.

—Contigo no se puede hablar, eres imposible.

—De acuerdo, soy imposible.

—Dicen que es *muy* bonita.

—¿Quién?

—Nuestra tía: Berta Ruthermore.

—¿Así tiene el descaro de llamarse?

—¿Berta?

—No, Ruthermore.

—Es su marido quien se llama *así*.

—Lo cual no impide que el apellido deje de ser un cañonazo al tímpano.

—No seas exagerado.

—No es exageración.

Sonreí ligeramente al tomar mi trago. Laura era todo un carácter: tenía mi edad y su fama de intrépida parrandera era bien conocida. Tenía entendido que sus estudios iban por los suelos, mas era bastante poco lo que eso le interesaba. Es simpática, pensé, congeniamos bien.

—...ción anuncia la llegada de su vuelo 801, procedente de Chicago, servicio/ —dijo una voz profesional, femenina.

Laura pagó los licores, con mi correspondiente sorpresa. Nos reunimos con mis padres en la llegada internacional, para ver el descenso de los pasajeros del jet.

Mis padres empezaron a saludar a alguien. No supe a quién hasta que mi madre señaló a Berta Guía de Ruthermore. No parecía tener más de treinta años (quizá los pasase, pero su figura era joven): un poema hecho mujer, como dijera Torres B. Alta, ojos destellando simpatía y malicia. Y un cuerpazo.

—Realmente es bonita —dijo Laura con miradas de envidia y admiración.

La tía estaba ya frente a nosotros saludándonos con sonrisa alegre. La vimos, a través de los vidrios, hacer todos los trámites.

Cuando al fin se reunió con nosotros, su conversación fue el centro de todo. Laura estuvo callada, aunque tenía una bien merecida fama de conversadora simpática. Mr. Ruthermore tuvo que quedarse en Chicago. Estancia de sólo tres días para decir hello a la familia. Ya casi no hablaba español, pero afortunadamente yo conozco el inglés, mi padre también y Laura hacía un grandísimo esfuerzo por hablarlo (sin éxito, es obvio).

Mrs. Ruthermore tenía treinta y tres mesiánicos años y era la hermana menor de mi padre. Odié ser su sobrino, pues me miraba con un aire maternal, haciéndome sentir como el imbécil número uno sobre la tierra.

En casa, ocupó la recámara de los huéspedes (o de los guests, como ella decía). Tomó un sándwich: en el avión había comido. Quedé con la comisión de pasearla y ella aceptó cenar en un restorán de seudocategoría.

Haciendo un increíble esfuerzo de rapidez, la llevé a dos museos, a una exposición, a CU y a todo lo digno de verse. Llegamos a la mitad de una obra de Strindberg, y finalmente, cenamos en una boîte, donde casi se agotó el dinero que mi padre me había dado.

Juró haberse divertido bastante.

Desperté, no muy tarde, con la idea fija de hacer una fiesta en la noche para agasajar a doña Berta Ruthermore, hermana de mi padre, y por consiguiente, mi tía.

Era imposible mantener el secreto a la Ruthermore, y cuando lo supo, se mostró muy contenta, «porque tenía ganas de bailar». Hice todos los preparativos. Despejé, con la ayuda de los criados, la sala, el jol y todos los lugares donde se pudiera bailotear. Contraté meseros y un conjunto de música tropical, para no dar mala impresión a los imbéciles de la high.

Germaine llegó a las siete —sola— «para ayudar». Mi tía había salido con mamá a visitar a la familia, y en casa sólo estaban los meseros. Aunque yo pretendía fiscalizar todos los preparativos de la fiesta, Germaine me jaló a la terraza.

Anochecía y el viento penetraba por mi camisa. Al pedirme un cigarro, saqué dos. Observé su rostro con la luz del encendedor. El rostro no parecía real, era algo de otra naturaleza; desgraciadamente, sólo fue cosa de un instante, pues tuve que apagar y perder uno de los momentos más agradables con Germaine.

—¿Cuál es el motivo de la fiesta?

—Ya lo dije, para agasajar a mi tía.

—Una apreciable anciana, seguramente.

—¡Qué va!, es toda una belleza.

—Ja, ja.

—No te burlarás cuando la veas.

—No te enfades, Enrique.

—Gabriel.

—Ah, sí, que coincidimos en las ges.

—Bien sûr.

—¿Quiénes van a tocar?

—Un conjunto de chachachá.

—¿Quiénes?

—Los Siguas.

—No son conocidos.

—Eran los únicos a mano.

—Ya doy.

—¿Cómo te ha ido?

—Regular.

—¿Has leído algo últimamente?

—Rimbaud, *Une saison en enfer*.

—No conozco a Rimbaud.

—¡Toda una francesa que no conoce a Rimbaud! ¡Qué cinismo!

—Ni modo. Y no soy francesa.

—¡Ah! A mí me encanta.

—¿Te sabes algún poemucho?

—Claro.

—Declama uno.

—Uh, no. Soy pésimo declamando.

—Perfecto. Así tendré de qué burlarme.

—Ya, ¿eh?

—Ándale.

—¿En francés o en español?

—En francés, naturalmente.

—Bueno, hay uno muy famoso que se llama «Voyelles».

—Déjate de circunloquios, y venga.

Declamé las «Vocales» y díjome que sólo le había gustado aquello de O, l'oméga, rayon violet de ses yeux! Aclaré que el poema pertenece a los *Delirios*, lo que no pareció importarle. Sólo dijo:

—Ahora puedo decir que conozco a Rimbaud.

Y ante tal imbecilidad, saqué a flote mi más sarcástica risa.

Al cuarto para las nueve, los músicos hicieron su aparición. Poco después, los invitados empezaron a llegar. El ambiente se tornaba más y más pesado. Mi madre y mi tía llegaron y esta última fue presentada a los invitados, que ya habían empezado a platicar unos y a bailar otros. Yo bailaba con la Giraudoux cuando la Ruthermore se acercó en brazos de don Yonoloinvité, diciendo:

—La próxima conmigo.

Y se fue en los brazos, bastante velludos, del mismo señor. Al acabar la pieza, dije a Germaine:

—Iré a cumplir con mis deberes de buen sobrino.

Ella hizo un mohín y enfiló hacia la repartición de bebistrajos.

Bailé varias piezas con mi tía al american way of dance y luego fui a bailar con Germaine. Eso, hasta que sus padres aparecieron, y entonces huimos a la biblioteca, para que nadie fiscalizase su modo exorbitado de beber.

Sus padres la mandaron llamar a las dos de la mañana y ella tuvo que partir.

Salí entonces de la biblioteca para encontrarme con luces tenues invadiendo a danzantes, que ahogados en alcohol se apretaban unos contra otros, llenos de la música sexy que tocaban los Siguas. Mis padres no aparecían por ninguna parte: salieron cada quien por su lado. Mi tía trataba de hacerse entender en español con un mesero; sin éxito, como era natural. Ya estaba muy embriagada, demasiado.

Al invitarla a bailar, aceptó y lo hicimos nuevamente muy pegaditos.

—He bebido, bebido, y seguiré haciéndolo, mi querido Gabrielito, y tú lo harás conmigo; bebo porque hace
mucho que no bebía y porque aquí hay licor, y bailo porque no está el imbécil de mi marido y porque tengo con
quién hacerlo. Me gusta tu mejilla, por eso oprimo la mía
a la tuya. Estoy muy contenta, Gabriel, hacía mucho
tiempo sin sentirme contenta.

Mi tía, Berta Ruthermore, era quien decía eso y en inglés.
En otras circunstancias no lo hubiera creído, pero en aquellos
momentos estaba muy embriagado y sólo decía en su oído:

—Okay, okay, okay.

Ella siguió hablando incoherentemente.

—Okay, okay, okay.

Luego hablaba de mí.

—Me caes muy bien, sobrino, me caes muy bien, me
gustas, tengo ganas de besarte no con un beso maternal ni
de tía, no, no, no.

Y lo mismo:

—Okay, okay, okay.

Su beso tuvo tal ardor que me asustó, haciendo que me
separase.

—Te lo dije, Gabriel, te lo dije.

Seguimos bailando, muy pegados, y ella seguía hablando. Luego bebíamos y bailábamos y bebíamos, bailábamos, bebíamos, sí, sí, sí.

Las cuatro de la mañana: los músicos se van. Mis padres
no regresan. Otros se van. Alguien ronca en la biblioteca.

Más gente se retira. Nosotros, sí, bailamos. Otros más se van. Bailamos. En el estéreo suena «Swing down sweet chariot». Los más borrachos se han ido. Afrojazz ahora. No han vuelto mis padres. Aún bailamos. Ya no hay nadie en la casa. Bailamos. La mano fina de mi tía oprime el interruptor de la luz. Bailamos. Otro trago. Ya no hablamos. Bailamos. Se separa. Me toma de la mano. Ha caído otro disco. Subimos las escaleras. Música de Peter Appleyard. Abre la puerta. Oscuro. Jazz. Cierra la persiana. Más oscuro. Sus labios enterrándose en los míos. Mareado. Hemos caído en la cama. Ya están aquí: vueltas, vueltas, vueltas. El vértigo. Círculos. Mi tía me besa. Ondas, giros, órbitas. Besándome. ¡El vértigo! Las vueltas, vueltas, círculos…

De la misma manera como había llegado, Mrs. Berta Ruthermore se fue. Mis padres la despidieron en el aeropuerto. No quise ir, no podía verla otra vez. Sentía que la vergüenza se desbocaba por mis sienes. En la mañana, muy en la mañana, al despertar viendo la espalda desnuda de mi tía, me odié terriblemente y salí de ese cuarto. Los efectos de la embriaguez de la noche anterior, la árida boca, la casa desordenada, mis manos temblorosas, el recuerdo de mi tía, los vasos vacíos, y por último, mi imagen reflejada en el espejo de la sala, se revolvieron en mí, bulleron en mi cerebro haciendo que abandonara la casa para refugiarme en un hotel cercano.

Regresé hasta estar seguro de que Mrs. Ruthermore ya se había ido. Los criados se afanaban borrando los recuerdos de la noche anterior. Caminé por el pasillo, dirigiéndome, inconsciente, al cuarto de los huéspedes. Entré atemorizado. Aún no lo arreglaban. La cama deshecha, las persianas bajadas. Todo igual. Sobre el buró estaba un papel doblado, donde se leía: GABRIEL.

«Forget that night of madness, excuse my heavy drinking and thanks for the memory.»

Tras leerlo, reí: reí a carcajadas, sin poderme controlar. Del lado no escrito, puse:

It was a terrific sound
Giggle or noise
Perhaps was spellbound
Perhaps a voice.

LA CASA SIN FRONTERAS

Caminé con lentitud, a causa del frío y la llovizna, hasta llegar a la Casa Sin Fronteras. Doña Elvira me esperaba a disgusto. Nada más alzó las cejas: un poco despectivamente, me atrevería a calificar. Con una seña me indicó que la siguiera. Lo hice, manos en el bolsillo, ya con el entrecejo fruncido a causa de la actitud, que consideraba insólita, de doña Elvira. Recorrimos el pasillo silencioso de la Casa hasta entrar en un salón para mí desconocido.

Los sillones de cuero oscuro se hallaban ocupados por los ancianos del consejo. Todos asintieron con aire de vago respeto cuando apareció doña Elvira, pero nadie se puso de pie. Ella no pareció conceder importancia a ese gesto descortés. Sin musitar una sola palabra llegó hasta el escritorio, hurgó en los cajones y extrajo lo que supuse una fotografía vieja: desde la puerta, donde permanecí, no alcancé a precisar si efectivamente lo era. Doña Elvira ocultó la fotografía en un sobre sin membrete en el cual guardó también una hoja mecanografiada. El que parecía decano del consejo se incorporó, fue hasta el escritorio y dijo algo a doña Elvira, mirándome. Ella respondió con un solo movimiento de cabeza, la mirada dura.

Finalmente doña Elvira susurró algo al decano que se encontraba de pie y salió del cuarto, sin indicarme si debía de seguirla o no. Opté por hacerlo, dado que el anciano empezó a exponer algo, en otro idioma y con la voz tensa, a los miembros del consejo. Seguí a doña Elvira hasta su despacho, donde, sin invitarme a tomar asiento, escribió unas líneas en un papel que introdujo también en el sobre sin membrete. Tomó otro sobre de la mesa y me tendió ambos, en silencio. Su evidente malhumor, o así lo supuse en ese momento, me impidió emitir algunas frases que juzgaba pertinentes y me hizo salir de la habitación, caminar con cierta rapidez y salir a la calle para encender un cigarro, puesto que en la Casa se prohíbe fumar. Llovía tenuemente y me esquiné en el rellano de la puerta para no mojarme. El humo del cigarro irrumpió en mi interior y me hizo toser. Me pareció normal porque hacía mucho frío y mis dientes castañeteaban.

El membrete de uno de los sobres permitía leer: «Casa Sin Fronteras. Instituto Superior de Cultura, Ciencias y Solidaridad». Quise ver inmediatamente el contenido de los sobres pero la sola perspectiva de quitarme los guantes lo impidió. Fui a un restorán cercano donde pedí un desayuno frugal. Me dispuse a examinar los documentos.

Del sobre membretado obtuve una hoja que para mi sorpresa no estaba dirigida a mí, sino a un señor Edmundo Barclay. Titubeé unos momentos al pensar si debía o no de leer algo destinado a otra persona y bebí con lentitud el café ardiente, sintiendo cómo el calor rompía los conductos de mi interior, obstruidos por el frío. Momentos antes el humo del cigarro me ofreció una sensación parecida. El restorán se hallaba casi vacío y para entonces el mesero se aburría en una mesa apartada. Sin ningún motivo razonable creí que alguien me observaba, esperaba que yo leyese la correspondencia del señor Barclay. El humo del café se elevaba en espirales tibias.

«Señor Barclay: no se trata de eludir la responsabilidad sino de enfrentarla. A usted se le encomendó todo lo concerniente a la señorita de los Campos y la Casa espera que se cumplan sus decisiones, hasta ahora retardadas por su falta de interés, ya que nos consta su capacidad. Tampoco se trata de fijar plazos precisos: contradeciría nuestros principios y nuestra estrategia; sin embargo, esperamos noticias suyas en menos de cuarenta y ocho horas. Reciba usted un saludo cordial de E. Fields, administradora.»

No dejó de preocuparme, aunque en ese momento no entendí la razón, el que la nota no se hallase fechada. Sentí un cosquilleo sutil en mi esófago y encendí otro cigarro para mitigar la sensación; volví a recorrer la estancia con la mirada: el restorán seguía vacío a excepción del mesero. Sonreí al advertir que su parecido con el decano

23

hubiera sido extraordinario de no ser por la diferencia de edades.

Del mismo sobre también extraje la que efectivamente resultó una fotografía sepia, vieja. En ella se podía admirar a una muchacha muy joven, con cierto aire bucólico. Unas largas trenzas cubrían el pecho de su blusa abotonada hasta el cuello y sobre la cabellera lacia, estirada, destacaba una peineta oscura. La muchacha lucía una expresión impasible, y miraba al objetivo de la cámara sin piedad, fijamente. Supuse que cuando la magnesia la iluminó, ni siquiera había pestañeado sino que persistió en esa mirada inflexible sobre la cámara. La señorita de los Campos.

Cuando me dispuse a leer la nota adjunta a la fotografía, alcé la cabeza y vi que el anciano del consejo caminaba con pasos firmes en dirección del mesero. En ningún momento me dirigió una sola mirada y tomó asiento en la mesa del rincón para susurrar algo al joven. Susurrar no es el término adecuado, puesto que yo me hallaba más bien lejos de ellos y no pude escuchar ni una sola de sus palabras, pero sí observé que la forma en que el anciano inclinó la cabeza en dirección del joven mostraba cierta intimidad. Cuando volví al contenido del sobre sin membrete tuve la impresión de que ambos se volvían para mirarme: eso me obligó a beber el resto del café mediante un solo trago y al sentir lo amargo me di cuenta, hasta entonces, de que no lo había endulzado.

Me concentré en la nota escrita, en mi presencia, por doña Elvira.

«Es mi deber reiterarle que la localización inmediata de la señorita de los Campos es una grave necesidad de la Casa. Adjunto su fotografía y todos los informes que dispongo acerca de ella, aunque todo este material ya se halla en su poder. Tengo la ingenuidad de creer que usted extravió estos datos y que a eso se debe su morosidad. Es obvio aclararle que ahora debe cuidar este material con un celo excesivo y cumplir sin titubeos lo establecido. Ésta es la última advertencia: usted sabe muy bien que la Casa ejecutará el único castigo posible si sus órdenes no son cumplidas en esta ocasión. E. F.»

Seguía perplejo ante el hecho de que me hubieran entregado esas notas. La última evidentemente fue dirigida a Edmundo Barclay, quien quiera que fuese. Pero lo que más me pasmaba era que doña Elvira la redactó en mi presencia y me la entregó. Ella sabía que yo no era Edmundo Barclay. Era ridículo considerar un error, ya que doña Elvira y yo habíamos sido presentados tres meses antes. Ella me contrató para unos trabajos tediosos de contabilidad y archivo relacionados con un material de la Casa que consideré incomprensible y es más: caótico. Doña Elvira se mostró cortés y yo procuré trabajar con la mayor atención posible para no causar mala impresión.

Ella seguramente quedó satisfecha con mis resultados ya que al poco tiempo volvió a llamarme para una empresa similar, lo que me agradó mucho pues los estipendios de la Casa eran más que generosos. También esa vez trabajé rápido y bien y por ese motivo fui llamado de nueva cuenta. Un trabajo estable con la Casa era más que importante, y no titubeé en levantarme temprano a pesar del frío inclemente y de la llovizna que entristecía la mañana. Ya he referido lo que sucedió después: se me trató con descortesía y me entregaron unos papeles insensatos.

Tuve que alzar los ojos nuevamente; para mi sorpresa el decano y el mesero continuaban, inmersos en sus cuchicheos, sin mirarme, a pesar de que esa impresión experimenté. Inquieto, abrí el sobre restante, ya sin preocuparme porque no estuviese dirigido a mí. Si se me había hecho perder el tiempo y padecer fríos bien podía satisfacer mi curiosidad antes de hacer entrega de los sobres y su contenido a doña Elvira.

Dentro del sobre sin membrete se encontraban varias cuartillas donde se narraba, con un estilo llano y conciso, casi periodístico, lo que podía considerarse la biografía de la señorita de los Campos. Al terminar de leer, la inquietud que se había ido filtrando en mí aumentó considerablemente por varios motivos que quizá puedan parecer pueriles.

Primero, nunca se mencionó el nombre de pila de la señorita de los Campos. Segundo, tampoco se hacía referencia a una época en particular, todo remitía a un momento repetible en cualquier año; sin embargo, por alguna

razón inexplicable, privaba la impresión de que los suce-
sos concernientes a la señorita de los Campos habían tenido lugar a principios de siglo. Tercero y fundamental, la
amenaza que era muy fácil de asumir del texto.

Las hojas sucintamente relataban esto:

La señorita de los Campos apareció en la ciudad sin
que nadie supiese cuál era su origen. A primera vista parecía una bella muchacha de campo, pero nada más. Sin
embargo, cuando la Casa accedió a cuidarla, reveló una
inteligencia nada común y poder de asimilación notable,
por lo que pronto fue introducida en asuntos de interés
de la Casa. Parece ser que cuando la recogieron, la señorita de los Campos no cumplía aún quince años, mas por
algún motivo se mostraba renuente a indicar dónde había
nacido, qué era de sus padres, en qué circunstancia vivió
hasta ese momento y por qué había ido a la ciudad, primero, y por qué se presentó en la Casa Sin Fronteras casi en
el acto.

Estas preguntas fueron olvidándose con el paso del
tiempo dado que la señorita de los Campos cumplió ad-
mirablemente las tareas que se le asignaron. Casi nunca
salía de la Casa, era obediente de las instrucciones y prohi-
biciones; se le adivinaba discreta y silenciosa, no fumaba
ni parecía tener inclinación a la frivolidad. Poco a poco
fue entrando en asuntos de mayor importancia y su dis-
creción fue ejemplar. Las autoridades de la Casa enviaron
instrucciones desde el extranjero para que se le diesen

responsabilidades mayores y el resultado fue siempre inmejorable.

Así pasaron cinco años en los que, sin embargo, fue despertándose una gran curiosidad entre la gente que la rodeaba: la señorita de los Campos continuaba luciendo tan fresca y lozana como cuando tenía quince años.

En esa época ocurrió el primer asesinato: el que entonces era decano del coro, responsable de los principales asuntos de la Casa, fue encontrado muerto a puñaladas en uno de los salones del segundo piso. Parece ser que nunca se averiguó quién lo había asesinado, pero siempre quedaron en el aire las circunstancias crudelísimas del crimen: una agonía muy lenta a través de sesenta y cuatro pequeñas puñaladas que se aplicaron en las plantas del pie, en los tobillos, en las manos, en los brazos, mientras se dejó para el final las partes vitales del organismo. Eso significaba que el asesinato necesitó treinta y dos horas para completarse: casi tres días.

Lo que intrigaba era que en esas horas nadie reparó en la ausencia del decano y que nadie se hizo sospechoso ya que todos habían estado cumpliendo tareas fácilmente comprobables. Aún no se ahuyentaba de la Casa el recuerdo de aquel deceso cuando tuvo lugar el siguiente: el nuevo decano y responsable de la Casa.

Las circunstancias del segundo crimen fueron parecidísimas a excepción de que en aquella vez fueron ciento cincuenta y ocho puñaladas; es decir, setenta y cuatro horas. Como la primera vez, las heridas habían sido causadas por un filo muy pequeño y la muerte se atribuyó a la pérdida de sangre: no obstante, el asesino continuó asestando puñaladas aun cuando el anciano había fallecido.

Las autoridades de la Casa Sin Fronteras llegaron desde el extranjero para investigar, con resultados similares a los anteriores. La señorita de los Campos se mostró particularmente entusiasta en la aclaración del suceso, y por supuesto, ella estaba fuera de toda sospecha. Tampoco, esa vez se llegó a descubrir el origen y el móvil de los crímenes y por alguna razón, antes de irse, las autoridades de la Casa desconfiaron del decano en turno del consejo y dieron la responsabilidad de la institución a la señorita de los Campos, a pesar de su juventud evidente. Ella cumplió sus deberes, como siempre, al máximo de sus posibilidades, y repentinamente desapareció.

Supongo que desapareció llevándose algo muy importante porque desde ese momento tuvo lugar una verdadera conmoción en la Casa. El decano del consejo tomó las riendas del Instituto y todos procuraron dar con la señorita de los Campos. En las cuartillas que leí no se indicaba el lapso que sucedió a continuación, sino que simplemente se asentaba la llegada oportuna y valiosísima de doña Elvira, quien al paso de dos meses demostró tal eficiencia que se le concedió la dirección de la Casa cuando el decano del consejo falleció: esa vez de muerte natural.

Prácticamente, eso era todo. Ignoro quién haya redactado lo que leí, pero me aterró la idea muy obvia que se desprendía del contenido del sobre membretado y de una nota final en el segundo sobre: se indicaba que la señorita de los Campos había sido vista en nuestra ciudad y que debía ser localizada. Era evidente que encargaron a Edmundo Barclay que encontrara a la señorita de los Campos para darle muerte. Se infería que la Casa la consideraba responsable del asesinato de los dos decanos y que ella poseía algo de suma importancia que era necesario recuperar a cualquier precio. Pero lo que más me intrigaba era que doña Elvira me hubiese entregado ese material; ella me conocía de sobra y sabía que yo no era Edmundo Barclay.

Me aterraba la idea de que en la primera nota se hablara de un plazo de cuarenta y ocho horas, que nunca sabré si para entonces había vencido o no, y que hubiese una amenaza implícita en las notas dirigidas a Edmundo Barclay. Es decir, era de suma importancia para mí regresar ese material y dejar toda la responsabilidad al señor Barclay, antes de que por una equivocación insensata la Casa se decidiera a tomar represalias en mi contra.

Para entonces la sola idea de comer algo me parecía repugnante y dejé lo que sobraba de mi café. En algún momento de mi lectura el decano se había ido y en el restorán sólo permanecía el mesero, mirándome. Es decir, no me miraba pero la impresión de que me vigilaba no dejaba de preocuparme. En un momento de temor ridículo, comprensible después de haber leído lo que leí, ni siquiera quise llamar al joven para pedir la cuenta, sino que deposité en la mesa un billete de mediana denominación y salí apresuradamente, procurando no volver la vista.

Atravesé la calle mientras el frío me golpeaba nuevamente y las gotas insípidas de la lluvia se insinuaban en mi ropa. Llegué a la puerta de la Casa. No vi la placa de la Casa Sin Fronteras, pero no me detuve y toqué la puerta con cierta e innecesaria violencia. Nadie respondió y entonces me permití dar de puntapiés, pensando que la campana no servía. Para mi sorpresa se escuchó una voz masculina. Por más que intenté dejar los sobres me indicó que doña Elvira no se encontraba en esos momentos, ignoraba a qué horas regresaría. A la persona en cuestión le era imposible responsabilizarse por los sobres que yo pretendía dejar. Calculé la posibilidad de introducirlos por la rendija de la puerta pero me asaltó el temor de que, si se extraviasen, la Casa seguiría considerando que yo era Edmundo Barclay con todas las consecuencias funestas que se desprendían.

Me alejé de allí, y al llegar a la esquina alcancé a ver que el decano del consejo se acercaba al local de la Casa. Corrí lo más rápido que pude para alcanzarlo antes de que entrara, a pesar del aire glacial; una corriente de aire acometió mi rostro, me vi precisado a cerrar los ojos y cuando los abrí de nuevo, aún corriendo, el decano ya había entrado en la Casa; es decir, tuvo que haber entrado, a pesar de que se encontraba lejos de la puerta. Era imposible que se hubiese desvanecido en el aire o que se hubiera teletransportado. Fui de nuevo allí y toqué, haciendo uso de la campana, de mis manos enguantadas y de mis pies, pero nadie respondió.

Dejé de insistir porque el ejercicio, el frío y la llovizna de la mañana prácticamente paralizaron mis miembros y tuve un calambre en la pierna. Traté de frotarla pero desistí. Ya desde antes padecía de ese tipo de calambres y sólo el paso de algunos minutos los aliviaba. Tuve que tomar asiento en la banqueta y cuando el dolor desapareció, perdí todo deseo de continuar llamando en la puerta. Me invadió un cansancio repentino, una oleada de impotencia.

En la casa de huéspedes donde vivía leí y releí el contenido de los sobres y más que nada contemplé la fotografía de la señorita de los Campos. Su expresión impersonal, la mirada inflexible me apasionaban y quise vivamente localizarla, buscarla y sentir esos ojos duros, fijos en mi persona. Tuve que sacudir la cabeza para alejar la sensación hipnótica que me producía esa mirada y busqué el teléfono de la Casa Sin Fronteras. Por un descuido insensato, imperdonable, había olvidado anotar el número en mi libreta de direcciones. Eso se debió, me justifiqué, a que la Casa se hallaba muy cerca de donde yo vivía y nunca me vi en la necesidad de telefonear a doña Elvira. Finalmente lo encontré garabateado en unos apuntes hechos tres meses antes.

Traté de comunicarme con doña Elvira. El teléfono sonaba siempre ocupado y los zumbidos breves y monótonos punzaban en mis oídos. Decidí regresar a mi cuarto para continuar con mis trabajos de contabilidad, pero sentí apetito y salí a la calle en busca de un lugar donde comer.

Ahora considero normal que haya ido a parar en el restorán en que desayuné esa mañana. O sea, frente a la Casa Sin Fronteras. Casi con naturalidad consideré que estaba bien: así terminase de comer iría a ver a doña Elvira para aclarar todo, le diría que esa misma tarde tendría sus sobres y le ocultaría que los hubiera leído. Entré en el restorán de buen ánimo y casi no me fijé en que de nuevo estaba vacío, a excepción del joven mesero dormitando. Ordené unos emparedados ligeros, una sopa que intuí de lata y me puse de pie para ir al baño a lavar mis manos. Vi mi imagen en el espejo y me aseguré de dormir bien esa noche para borrar las ojeras que padecía.

Cuando regresé a la mesa encontré un papel doblado. Inmediata e incongruentemente mi corazón empezó a latir con fuerza. Busqué con la mirada quién lo había dejado pero nadie se hallaba a la vista, a excepción del joven mesero. Con nerviosidad desdoblé el papel.

«Usted está perdiendo el tiempo. Aténgase a las consecuencias. Urge localizar a la señorita de los Campos.»

Nadie firmaba la nota. Nadie se encontraba a la vista. La calle estaba vacía como era natural en un día tan frío en el cual persistía la llovizna.

El mesero llegó con mi sopa y mis emparedados, y con expresión de verdadero tedio. Lo interrogué exhaustivamente acerca de la nota, pero según él no había visto a nadie, estaba en la cocina. Le di las gracias y mordí uno de los emparedados. Una materia viscosa se enterró en mis dientes, mi saliva no bastaba para humedecerla. Y sentí inmediatos deseos de vomitar.

Tan pronto como pude salí del restorán para aspirar aire frío. Me atribularon imágenes de la señorita de los Campos con su mirada impersonal e inflexible, y del malhumor de doña Elvira. Hasta entonces creí advertir que ambas mujeres se parecían mucho. Lo que las hacía parecidas, descubrí un poco después, era la mirada. Doña Elvira siempre me veía con una fuerza que desde el principio me turbó.

De nuevo sentí un caos de sentimientos estrangulando mi garganta. La imagen de la señorita de los Campos no se iba y cada vez más yo admiraba la belleza, la tersura del cutis, los ojos fríos y un poco crueles. Atravesé la calle, sintiendo a mis espaldas la mirada del mesero. Llegué a la puerta de la Casa y volví a llamar con violencia. Nadie me abrió. El frío me hacía temblar, mis dientes castañeteaban y mis manos enguantadas se hallaban rígidas. No supe qué hacer. Seguí golpeando la puerta sin ningún resultado, hasta que repentinamente retrocedí unos pasos y vi la cara del decano del consejo en una de las ventanas superiores. No puedo precisar la expresión con que me veía.

Me volví en el acto y vi al mesero del restorán apoyado en la puerta, mirándome también. En ambos se mezclaba la impaciencia, el sarcasmo, la crueldad.

Eché a correr hacia una esquina y sólo logré detenerme cuando tuve la alucinación, tenía que ser una alucinación, de la señorita de los Campos caminando con pasos rápidos hacia la otra calle. Era la señorita de los Campos, estaba seguro, aunque sólo alcancé a ver su cara de lejos, un poco cubierta por el cuello del abrigo. Algo me gritaba que era la señorita de los Campos: nunca la había visto, mas intuía que ese cuerpo esbelto, bien proporcionado, vestido con elegancia, con ropas inclasificables, era el de ella.

Seguí corriendo hacia la señorita de los Campos, quien caminaba apresuradamente. Tuve la estúpida sensación de que alguien me seguía pero no le di importancia. Sólo quería alcanzarla, en realidad no sé para qué. La vi detener un taxi. No pensé en buscar otro, como hubiera sido lógico. Corrí y corrí durante un par de cuadras mientras el auto empequeñecía a lo lejos.

Me detuve cuando sentí que mis pulmones estaban a punto de estallar; todo mi cuerpo ardía, deseaba despojarme de la ropa, del abrigo pesado que me impedía correr con más agilidad, de los guantes que se adherían a mis manos como ventosas, de la bufanda que me estrangulaba. Me apoyé en la pared para jadear escandalosamente. Poco a poco el aire helado se fue filtrando a través de la ropa y cuando empezaba a disminuir el volumen de mis jadeos el calambre se inyectó en una de mis piernas. Fue tan repentino y tan doloroso que me contraje exhalando un quejido entre los jadeos, en el momento en que me pareció ver al decano de la Casa una cuadra más allá en la esquina, mirándome.

Cerré los ojos con violencia y mis párpados ardieron. El aire frío y la llovizna me paralizaban, mi nariz estaba acuosa y estornudé. Quise meter mi mano en el bolsillo para extraer un pañuelo porque la humedad del estornudo se congelaba en mi nariz, pero mi mano enguantada no pudo entrar. Traté de quitarme el guante mas sentí los brazos paralizados. El decano del consejo se acercaba a mí y yo ansiaba ir a él, hablarle, pedirle que me acompañase para poder entregar los papeles. Pero el decano, cuando se hallaba a pocos pasos de mí, dio media vuelta y empezó a caminar en dirección contraria.

El calambre aún no me abandonaba y me impedía caminar: cojeé hacia la figura del anciano que ya se retiraba y me detuve en seco. Mis ojos se hallaban húmedos y una rabia impotente anidaba en mi garganta. Jadeando aún, mientras el calambre se desvanecía, vi que el decano se iba, empequeñecía como el taxi de la señorita de los Campos, y no pude moverme. Me deslicé por la pared hasta quedar sentado en el suelo, con las piernas extendidas. El cansancio fluyó por mi cuerpo y salió por los pies, como si fuera una corriente eléctrica.

Dos o tres personas pasaron por la banqueta y me miraron desaprobadoramente, pero no me importó: a mí, que la idea del ridículo siempre me había aterrado; yo, que todo el tiempo y en toda mi vida me comporté con seriedad, que evité los escándalos, tal como me enseñaran. Cuando me levanté el anciano ya no se veía.

Caminé con lentitud hacia la casa de huéspedes, donde cenaban ya. No respondí a la invitación para que los acompañase. Llegué a mi cuarto y tuve un sobresalto al verlo en orden, como de costumbre. Había tenido la certeza de que todo se hallaría revuelto y que una sombra se descolgaría del ropero para asesinarme. Pero todo se hallaba en orden y me desplomé en la cama, respirando pausadamente, atento a todo ruido que se filtraba del exterior.

Ya había anochecido y me levanté para correr las cortinas de la ventana. Hasta entonces me fijé que sobre mi mesa de trabajo se encontraba otro papel doblado. Dejé caer los brazos, con exasperación, y caminé a la mesa. El papel era idéntico al del restorán: tenía los tres mismos dobleces. Era mi sentencia de muerte. Seguramente había expirado ya el plazo para localizar a la señorita de los Campos. Ya no me preocupé por Edmundo Barclay, consideré que el tipo había tenido una fortuna inmensa al ser confundido conmigo. Tomé la nota y la desdoblé.

Estaba en blanco.

Arrugué el papel y lo tiré con todas las fuerzas que pude. Era una broma siniestra. Me sentí desconsolado y volví a dejarme caer en la cama. Con una lentitud que a mí mismo me sorprendió volví a ponerme de pie, guardé los sobres en mi abrigo, encendí un cigarro y salí a la calle. Si iba a suceder algo que ocurriera ya. Me encaminé a la Casa Sin Fronteras y no presté atención al ver el restorán cerrado. Empecé a sentir una ira que crecía paulatinamente; deseaba golpear a alguien, enterrar un puñal minúsculo interminables veces, empezando por la planta de los pies, los tobillos, las manos, los brazos, hasta llegar al final a las partes vitales.

Respiré con fuerza, y me disponía a acercarme con lentitud para aporrear la puerta hasta desfallecer, cuando vi que un taxi se detenía. De él bajó una mujer esbelta, bien proporcionada, vestida con elegancia. Apresuradamente extrajo unas llaves de su bolso y abrió la puerta de la Casa, en la que entró con rapidez. Yo me hallaba estático, sin poder creerlo. El restorán estaba cerrado. Las luces de la Casa se encontraban apagadas. La señorita de los Campos tenía la sangre fría de entrar en el lugar donde menos debía de hacerlo. Otro auto llegó y bajaron dos personas. La oscuridad me impidió ver quiénes eran. Entraron en la Casa con rapidez.

La habían localizado. La habían seguido todo el tiempo y ahora se hallaba en sus manos. Iban a matarla y yo lo sabía; yo, inmóvil en la pared.

Me llegó, fulminantemente, la imagen de la señorita de los Campos en la fotografía sepia y vieja. Quizás ella había asesinado a los dos decanos del coro, tal vez había robado documentos importantísimos de la Casa, cualesquiera que fuesen. Pero posiblemente no, quizá la señorita de los Campos no tuvo nada que ver con eso. Se fue de la Casa porque intuyó algo: una serie de actividades innombrables, una secta legendaria que se proponía ceremonias aterradoras, una comunidad de seres no humanos que vigilaban el desenvolvimiento de la humanidad desde todos los rincones de la tierra, un sindicato del crimen. De cualquier forma, la señorita de los Campos no podía tener nada que ver con eso. Y ahora la asesinarían, ya la tenían dentro.

De repente advertí que todo eso era estúpido: yo no tenía que ver. Me habían confundido con un pobre diablo, un matón profesional. Decidí introducir los sobres por la rendija de la puerta y que pasara lo que pasara. Pero recordé que para ellos yo era Edmundo Barclay: yo no había cumplido con la misión encargada y tan pronto como terminaran con la señorita de los Campos me buscarían. Me seguirían por doquier, no habría forma de explicarles que yo no era ese que buscaban y me matarían de la manera más estúpida; mientras el otro, el que no cumplió, el matón, Edmundo Barclay, disfrutaría de la vida sin sobresaltos.

El terror hacía lentísimos mis movimientos. Necesitaba advertir a la señorita de los Campos. Lo más probable es que ya la hubieran matado, pero debía probar.

La puerta se hallaba cerrada, así es que me encaramé en la ventana y rompí un cristal para abrir. Logré introducirme en la Casa. Me hallaba en un saloncito oscuro. Tentaleé por la pared y llegué a la puerta que conducía al pasillo por donde yo había entrado en otras ocasiones, esa misma mañana.

Caminé por el pasillo hasta el salón donde doña Elvira había reunido a los ancianos del consejo. Una luz mortecina se filtraba por las rendijas de la puerta cerrada. Me acerqué hasta donde la prudencia lo permitía y alcancé a escuchar varias voces de ancianos y la de un joven, que sobresalía por lo impersonal. Hablaba sin ningún acento en particular, modulando sin matices, casi como máquina. La voz se me hizo demasiado conocida a pesar de que tenía la certeza de haberla oído pocas veces.

Fui dándome cuenta de que aún no capturaban a la señorita de los Campos y que ésa era la causa de la conmoción. Sentí un júbilo irrefrenable, inexplicable. También pude escuchar que hablaban de mí, es decir, de Edmundo Barclay, pero no llegué a precisar qué decían.

Alguien se acercó a la puerta y me alejé con pasos silenciosos y rápidos hacia la oscuridad, alejándome de la salida. Sentía la cabeza pesada y un dolorcito en el muslo que ya conocía bien: el anuncio de un posible calambre. Sin embargo, el miedo era tanto que avancé en silencio, sin saber hacia dónde me dirigía. Llegué a una escalera, y subí procurando que mis pasos no rechinaran. Arriba había otro pasillo y varias puertas. Ya no escuchaba ningún sonido pero tenía la impresión de que me seguían. El silencio era denso y la oscuridad me hacía ver ráfagas de colores vivos, casi fosforescentes, que paseaban por el globo de mis ojos. Los abrí al máximo tratando de distinguir algo, recorriendo la pared con mi mano. Una puerta. Traté de abrirla pero empezó a crujir, así es que la dejé por la paz.

Seguí, con una lentitud exasperante, tratando de olvidar que si me descubrían eso significaba mi muerte, por no cumplir con las instrucciones que con tanta claridad me diera la Casa. Llegué a una nueva puerta y esa vez empujé con un solo impulso, conteniendo la respiración. Entré lentamente, procurando no tropezar con ningún mueble. Supuse que el cuarto daba a la calle porque allí el frío era mucho más pronunciado que en el pasillo. A ciegas descubrí unas sillas, una mesita y una cama pegada a la pared.

Tomé asiento en la cama, tratando de acostumbrarme a la oscuridad. Estiré la mano y sentí una tela gruesa. Poco a poco fui jalándola hasta obtener una prenda de vestir. Llevé la prenda a mi nariz y adiviné el olor de doña Elvira. Me hallaba en el cuarto de doña Elvira. Me invadió una curiosidad irracional y ardí en deseos de contemplar la recámara con calma, ver los muebles de doña Elvira, tocar su guardarropa, acariciar sus zapatos.

Recordé que estaba encerrado en la Casa Sin Fronteras. Me aterraba la idea de recorrer de nuevo el trayecto por donde entré, si es que podía localizarlo otra vez. Volver a pasar el salón donde se hallaban los miembros del consejo. No, imposible. Busqué una ventana, tenía que haberla. Me maldecía por haberme internado en la Casa en vez de huir. Unas cortinas gruesísimas. Las aparté, mas para mi sorpresa la luz de la noche no se filtró. Consideré que quizás el cielo estuviera cerrado o que la ventana tuviese persianas metálicas. Avancé tentaleando. El silencio y el frío hendían mi cuerpo.

Creía que mi respiración resonaba en todo el cuarto, se filtraba por la cerradura de la puerta, se deslizaba por el pasillo, la escalera, hasta llegar al salón donde se encontraban los del consejo, quienes la oían con claridad y se divertían sabiendo que cuando quisieran me capturarían. Reprimí un sollozo y traté de concentrarme para no temblar, para no sudar, porque el frío helado hería mi cara.

Mi respiración sonaba demasiado fuerte, estaba seguro. Traté de atenuarla y la seguí escuchando. Creí volverme loco. Mi respiración se oía a pesar de que me hallaba conteniéndola. Avancé a través de las cortinas interminables. La respiración se escuchaba cada vez con más claridad, hasta que repentinamente cesó. Me detuve un instante, permanecí quieto y contuve la mía. Transcurrieron varios segundos hasta que oí una exhalación muy, muy tenue. Ya sin titubeos, agitadísimo, me desplacé hasta que mi mano tocó un brazo desnudo, helado. Oí que alguien detenía una exclamación, casi al mismo tiempo que yo reprimía otra. Permanecí tocando el brazo de piel tensa, sin saber qué hacer.

La oscuridad era alucinante, las ráfagas de colores se acentuaban en mis ojos. Mi cuerpo empezó a temblar mientras la piel que tocaba seguía tensa. No me atreví a musitar ninguna palabra, la cabeza me daba vueltas. Deslicé mi mano a través del brazo hasta un hombro cubierto por una tela similar a la que había palpado antes, en la cama.

La otra respiración hacía eco a la mía, muy breve y rápida. Por más que traté no pude impedir deslizar mi mano por ese cuerpo quieto. Con lentitud recorrí el cuello delgado hasta llegar a la barbilla, el mentón, la boca de líneas finas, la nariz recta y los ojos y las cejas y todo ese rostro ardiente y estático. Volví a recorrer las facciones y supe ya sin dudas que era ella. Quise balbucear algunas palabras que se atropellaban en mi mente pero mi voz no lograba salir. El silencio y la oscuridad del cuarto hacían que todo diese vueltas.

Repentinamente me vino la idea absurda de que me hallaba al lado de un cadáver y por eso mi mano se desplazó hasta un corazón que latía a velocidad increíble mientras yo exhalaba un suspiro de alivio. Dejé mi mano en el corazón, la parte superior del seno duro y tenso; mordí mi boca con furia tratando de contener el deseo de acariciar los senos de la mujer que se hallaba junto a mí, el ansia de tocar todo el cuerpo, la desesperación por acariciar la cara de facciones finas, de besar la boca de líneas delgadas, de sumergirme en la mirada dura, inflexible, que miró el objetivo de la cámara sin piedad muchos años antes, o pocos, no sabía, no quería saber, no quería pensar en nada, no deseaba sentir mi cuerpo ardiendo, la excitación, el sudor que se congelaba por el frío de la habitación, el cuerpo que estaba a mi lado sin aventurar un solo movimiento, la boca que no osaba emitir ninguna palabra.

No pude más y casi con un quejido acaricié con lentitud, mientras la otra respiración se agitaba, hacía esfuerzos inauditos por no volverse demasiado audible; yo no sabía ya si me hallaba en silencio o no, en mi cerebro se agolpaba un estrépito que hacía contrapunto a las ráfagas de luces vivas y brillantes que continuaban atormentando mis ojos cerrados. Nuestros cuerpos estaban inmóviles a excepción de mi mano que recorría una y otra vez los senos duros antes de bajar hasta el vientre en tensión, los muslos, las caderas, el pubis. Todo era escándalo en mí, las luces aparecían también como pequeñas estrellas mientras era insoportable el temblor, la excitación.

Muy a lo lejos creí oír sollozos; mi mano volvió a ascender para sentir las lágrimas que bañaban por completo su rostro helado. No pude más y todo mi cuerpo buscó a la mujer que estaba junto a mí, sin preocuparme por las cortinas pesadas, por mis jadeos que quizás eran demasiado audibles. Busqué la boca y la besé frenéticamente. Ella permaneció quieta unos instantes pero luego respondió, me besó también con una violencia que nunca habría esperado. Sus lágrimas mojaban mi rostro y el aire helado nos endurecía la piel, mientras nuestros cuerpos trataban de entrelazarse con extrema torpeza a causa de las cortinas. Nuestras manos recorrían, buscaban, lastimaban; nos incrustábamos, desflorábamos nuestros labios con los dientes; gemíamos buscando cómo eliminar la barrera de las ropas.

La puerta se abrió de golpe y ella se separó abruptamente, dejando oír un aullido interminable, muy agudo. Abrí los ojos para perderme en la oscuridad, atemorizado al perder el poco calor que había logrado obtener. No era consciente de los ruidos que llenaban el cuarto, no advertí cuando ella salió corriendo de las cortinas, tropezando, aún con ese chillido inhumano que atravesaba todo mi cuerpo.

Advertí que habían encendido la luz y que forcejeaban con ella, sin hablar. Oí que la arrastraban por el suelo y la sacaban del cuarto. Apagaron la luz y cerraron la puerta.

No sé cuánto tiempo pasó hasta que sacudí la cabeza. Todo mi cuerpo se hallaba entumido y en mis manos huecas aún quedaba la sensación de sus senos, su calor. El silencio me fue llenando de terror: nada sucedía, todo estaba estático y oscuro de nuevo. Respiré lo más profundo posible y empecé a dar pasos pesados, de autómata, procurando no tropezar, hasta que llegué al fin de las cortinas, a los muebles con los que choqué, con la cama donde volví a desplomarme. Mis manos buscaron con ansia: la prenda de ropa, un saco, un abrigo, ya no se encontraba por ninguna parte.

Permanecí sentado varios minutos, tratando de poner orden en mi mente y de tomar una decisión. Mis jadeos no lograban atenuarse y el frío había secado la humedad de mi cara, helándola. Quise dormir en esa cama, desfallecer en ese lugar, no moverme nunca más, olvidar el paso del tiempo en esa habitación glacial.

Finalmente tuve ánimo para ponerme de pie y buscar la puerta. En el pasillo había una penumbra que agradecí como nunca. Un poco de luz venía de la escalera. Lo menos que deseaba era recorrer los pasillos y buscar la calle, pero no encontré otra alternativa. Me odiaba por haberla dejado ir, por quedarme quieto y callado cuando se la llevaron; ella se llevaba todo. Y quizás en esos momentos ya la habían sacrificado, habían vengado la afrenta y se disponían a matarme también. Sólo en un grado inconcebible de estupidez no advertí que se divertían esperando, haciéndome sufrir, tal como le dieron una esperanza mínima a ella para luego irrumpir en el cuarto donde se había escondido. Mas para entonces ya nada tenía sentido, en mí se debatía la urgencia de huir, de alcanzar la puerta y de hacer lo que debí haber hecho horas antes: irme para siempre de la ciudad.

Bajé sigilosamente la escalera, mientras mi mente de nuevo se obnubilaba y enterraba la necesidad de huir. No bajé por la escalera: seguí por el pasillo sin saber hacia dónde me dirigía, como autómata, con el cuerpo entumido y helado. Vi luz en la rendija de una puerta y allí me detuve. Sólo percibí unas voces. Quería ver. Casi sin precauciones me incliné para atisbar por la cerradura. Los huesos de mis rodillas tronaron pero no me importó.

La vi. Estuve a punto de gritar. Allí estaba a quien estuve tocando, reconocí su cuerpo, sus senos, eran los de la mujer a quien había acariciado. La amarraron a una silla, desnuda, y ya habían colocado la primera daga en la planta de uno de sus pies: una daga minúscula, dorada, hundida en el pie, un hilillo de sangre fluía con lentitud.

Estaban esperando que pasara la media hora para enterrarle otra daga: así le enterrarían esas dagas hasta que se desangrara y cuando estuviese muerta seguirían enterrándolas durante días y días. Traté de ver más y advertí muchas personas allí dentro. Las caras que vi se hallaban muy serias, como si asistieran a un acto ritual. El decano del consejo y el mesero del restorán y los ancianos. Fue cuando empecé a dudar.

Pero ella seguía atada a la silla y la sangre continuaba fluyendo apenas por su pie. Ella, desnuda, permanecía en silencio, los miraba con una rigidez total; su mirada era directa, inflexible, un poco cruel. El decano se acercó y me dio la espalda al inclinarse sobre el cuerpo atado. Cuando se retiró vi que había depositado otra daga en el pie.

Llevé mi mano a la boca porque creí que iba a vomitar y cuando la retiré no pude evitar que de mí saliera un aullido larguísimo, muy agudo, mientras me ponía de pie y corría, bajaba la escalera a tropezones; advertí apenas que la puerta del cuarto se abría de golpe y que varios pasos resonaban en el piso superior.

En el pasillo de abajo se encontraba un anciano cerrándome el paso pero lo embestí a toda velocidad. Llegué a la puerta y por supuesto se hallaba cerrada. Los vi bajar, musitando palabras en otro idioma con una expresión de grave seriedad me perseguían.

Entré en el saloncito y salí por la ventana. El golpe que sufrieron mis pies al caer en la banqueta electrizó mi cuerpo. Seguía lloviznando y el frío, el verdadero frío de la calle me abrazó, atravesó mi ropa, la ropa que antes me había estorbado. Los pies me dolían como nunca cuando eché a correr presintiendo que ellos abrían la puerta y salían para montar en sus automóviles.

Me iban a alcanzar, yo apenas lograba correr. Pero seguí haciéndolo con la boca abierta, los ojos llorosos. Los motores arrancaron a mis espaldas. La calle estaba vacía, mis pies corrían con torpeza a causa del golpe y del frío. Cuando sentí que me daban alcance, corrí en sentido contrario.

Logré mucha ventaja en lo que ellos dieron la vuelta, volví a pasar por la Casa Sin Fronteras, lo más rápido que pude, sintiendo que mis pulmones iban a estallar. Buscaba una calle en sentido contrario para ellos. De nuevo se encontraban casi a mis espaldas; sólo se oía el motor del automóvil, no gritaban, me miraban con seriedad, impacientes: no necesitaba volverme para saberlo.

Pasé por la puerta de mi casa sin darme cuenta cuando me rebasaron y se detuvieron bruscamente más adelante. Di media vuelta y corrí, todo mi cuerpo ardía, en mi pierna se insinuaba el dolor. Me iban a capturar. Volví a llegar a la casa de huéspedes y esa vez sí la reconocí, me detuve, abrí la puerta desesperadamente y la cerré con llave, cojeé hasta mi cuarto, entré en él y me desplomé en la cama cuando el calambre me acometió con una fuerza que me hizo trepidar. A pesar del dolor, logré desplazarme hasta mi mesa y tomé un cortapapeles muy largo y filoso.

Jadeando, con el rostro húmedo que se helaba una vez más, con los pulmones a punto de explotar, el dolor adhiriéndose a mi pierna, pude aún empujar mi mesa de trabajo hasta cubrir la puerta. Veía todo nublado en ese silencio exasperante. Cuánto bien me habría hecho oír que trataban de violar la puerta de la casa de huéspedes; escuchar un insulto, una amenaza, algo.

Volví a desplomarme en la cama, jadeando sin control, mientras mi cuerpo se encogía, se entumía por el frío. Oí una tosecita. Me volví bruscamente y vi que del baño, de mi baño, salían cinco ancianos con expresión pétrea. Me lancé furioso contra ellos pero se hicieron a un lado y fui a dar a la regadera. Entonces vi que me miraban impacientes, desaprobadores. Me sentí pequeñito y estúpido. Tiré el cortapapeles.

En silencio, sin tocarme, casi con respeto, me llevaron a la Casa Sin Fronteras. Allí volví a subir las escaleras, volví a entrar en la habitación que había atisbado, volví a estar al lado de ella: tenía otra daga enterrada.

La miré con toda mi intensidad, sin fijarme en ninguno de ellos. Y ella me miró a los ojos, directo, con la mirada inflexible, rígida. No dejó de mirarme cuando me arrancaban la ropa, me colocaban en una silla al lado suyo, me ataban con fuerza y hundían la primera daga en la planta de mi pie izquierdo, en el centro. No me dolió, seguí mirándola.

El mesero habló con su voz neutra, mecánica. Preguntó cómo me llamaba.

—Edmundo Barclay —respondí, mientras ella seguía mirándome.

ME CALENTÉ HORRORES

Después de un rato, Virgilio se estiró. Alzó la cara para recibir de lleno los rayos de sol. Sonrió. Tarareó it's a gas gas gas, observó los mejores cuerpos de las muchachas más hermosas de la playa. Allá está Laura, con los borrachotes de Costa Azul, pinche Laura. La saludó, agitando la mano, Laura invitó, una vez, a Virgilio a su casa, y aunque permitió que Virgilio la cachondeara hasta la locura, ella no quiso hacer el amor con él. Tampoco quiso fumar mota. Pero no se enojó, lo dejó que se viniera entre sus piernas y después le contó muchísimas anécdotas de su niñez, de sus aventuras cuando se escapaba de la escuela, la Altamirano, para irse a la Condesa, pues en aquella época la Condesa estaba bien: no había tanta gente y mucho menos tantos restoranes y chupaderos: en Beto's que todavía no era Beto's se bailaba con un tocadisquitos y había hamacas como si fuera Pie de la Cuesta o Playa Encantada. Laura también le platicó de una amiga suya de muy buena familia que se escapó de su casa y se fue con unos gringos y los gringos resultaron mafiosos y la llevaron a todo el mundo, en sus transas, y finalmente la dejaron en Marruecos, embarazada y sin un clavo. Ay, tanto sol y tanto maldito negro, tú. Pues entonces era como Acapulco. Ay, sí tú. Y le refirió cómo casi se muere del susto cuando, allá en la laguna de Coyuca, se armó una balacera terrible entre unos agentes de la federal y unos campesinos que sembraban mota y la traficaban, a mí *de veras* no me gusta esa onda, Virgilio. Uy, se dieron de balazos durante horas y finalmente mataron a la mayoría de los agentes, y los agentes prometieron vengarse y regresar con más refuerzos. Parece que a fin de cuentas no regresaron pero qué miedo de cualquier manera. Total, Laura es puro pico, nada de acción por ponerse a contar las cosas: seguro que las inventaba en su mayor parte, o si no eran cosas que les habían sucedido a otros y que le habían platicado: como lo de la balacera en la laguna de Coyuca: Virgilio ya había oído mencionar ese incidente, pero no sucedió en Coyuca sino casi llegando a Zihuatanejo, y los vendedores de mota estaban gruesísimos: tenían puras armas del ejército. Dos muchachas embikinadas ascendían en sentido contrario, a contraluz, filos de sol en los bordes de los brazos y de las piernas; bikinis de color asesino, rayas rojas, naranjas, verdes, azules. Las dos con pechos erguidos, grandes, colgables, hmmmm, de-li-cio-sos; y caderas monumentales, redondas y perfectas. Y los vientres, un suave terciopelo dorado, wow!, exclamó Virgilio, entusiasmado. Ojalá me vuelva a topar con esas gabachas para caerles. En el cielo azul, intenso, un turista colgado absurdamente en un paracaídas saludaba a sus amigos de la playa. Y en el mar las lanchas rápidas, el yate Fiesta con su música y las luces encendidas, aun de día. Un acorazado de la marina estadunidense en el fondo de la bahía, casi en la bocana. Pinche barco gringo, qué anda haciendo aquí, ¡que se vaya que se vaya! ¡Gabachos go home! ¡Gabachas go fuck! ¡Qué ricochón! Baile usted el ricochón. Un dos tres. Se sacan los billetes, los pasa paracá, mueve tu piernita, vuélvela a mover, pásame el bizcocho, pasa el ricochón. ¡Cámara, esa chava se parece a *Cornelia*! No, no es. Qué bueno. A Cornelia la conocí en el Tequila a Go Go, cuando el Tequila era lo máximo. Tenía creo que veinticinco años y cara muy bonita, como de modelo, pero usaba puros vestidos largos y nunca iba a las playas de rigor. Esta Cornelia estaba casada con un hijo de perra que se llamaba Ernesto y que era flaco flaco y alto alto. Todo mundo cotorreaba que Cornelia era putísima y su marido ya estaba chupado, siempre aparecía con la cara sumida y pálida y flaca de tanto cogerse a su ñorsa. Y ella se cogía a todo el que encontraba, porque su marido nomás no le bastaba. Bueno, yo conocí a Cornelia porque me la presentó el Yipi y ¡cámara! la ruca me empezó a fajar y a dar tránsito. Me aloqué, la neta, porque de veras Cornelia tenía una cara a toda madre y yo pensé que también tendría un cuerpo súper. Bailé con ella y me dijo por qué no vas a mi casa más tarde, chaparrito, allí te puedo enseñar algunas cosillas y no exactamente bout the birds & the bees. ¡Papas! Andaba que no me cabía ni un chile porque pensaba ¡ahora sí me voy a agasajar!, ¡me voy a coger a este soberano cuero y con el marido a un lado without givin' himself colour! Cuando Ernesto se empedó y comenzó a babear, en el mero pedírium & guácaram tremens, Cornelia dijo vámonos. Cornelia y Ernesto vivían en el cerro de la Pinzona, abajito del Palacio Tropical, en una casita muy acá. Nomás nos subimos en el coche, por cierto un culero volkswagen, Ernesto se durmió a ronquido limpio. Cornelia se volvió a mí, sonrió y tomó una de mis manos para colocarla sobre su seno. Ahí fue cuando me dije uh, parece que tiene muy chirris los chicharrones, medios jodidones, ¡y trae brasier!, ¡qué fresa! ¡Cómo brasier! Ni pedo Alfredo. Llegamos a la casa y ni nos molestamos en despertar a Ernesto: lo dejamos en el coche, durmiendo la mona mientras yo le llegaba al mono de su esposa. Llegando a la sala Cornelia me empezó a besar, a meterme la lengua, a cachondearme y me cae que hasta ella me encueró. ¡Cámara, esta vieja sí está heavy!, me dije, con mi natural sagacidad. Me sentí un poco ridículo estar ya de plano encuernavaca mientras ella continuaba vestida, y quise quitarle el vestido pero nomás no hubo cómo, porque la pinche Cornelia me estaba haciendo sentir the little death al tocar la trompeta dispuesta a tragarse la melodía. Total, logré alzarle el vestido para bajarle las pantaletas ¡pero no tenía pantaletas! Wow! Palabra que me calenté horrores: era la primera chavacana que llevaba brasier y no usaba pantaletas. Cornelia tenía bien mojados los peligros de la juventud. Yo creo que se había venido doscientas veces con el santo mamadón. Sin decir nada se levantó de repente y yo me quedé de a six, diciendo what what, dónde firmo. Ella apagó la luz y salió y luego regresó encuerada y con algo en las manos. ¡Era un látigo, me cae, un puto *látigo*, pero yo no me di cuenta en ese momento porque no había luz! Lo que sí pude vislumbrar, porque en eso me fijé, fue el *cuerpo* de la Gran Maestra. Estaba flaca huesuda y con las chiches bien enanas colgándole hasta el ombligo cual calcetín con canica. What about that? Por eso traía brasier, la culebra. Anyway yo le llego, pensé, ya borracho. Cornelia se acostó en la alfombra de nuez y cuando se la dejé irineo me cae que hasta salpicó. Tenía un monigote de lo más transitado, parecía la carretera panamericana, no se sentía nada, pero ya entrado en gastos le di duro a las lagartijas y al meneo del hermano Rabito. Cornelia se vino cuatrocientas mil setecientas dieciocho veces en medio minuto y pegaba de gritos, palabra de honor, pujaba y aullaba y *lloraba* como loca. Me cae que hasta me espanté, me estaba sacando de ola porque pensé que podría venir algún vecino o, ¡cámara!, la tiranía, creyendo que estaba matando a alguien. Killing floor. Bueno, pues Cornelia se venía y se venía y me clavaba las uñas, unas uñotas que parecían *machetes*. Me mordía con fuerza. Me empezó a doler pero me valió mothers of invention, lo que yo quería era venirme, y a la chingada con la ruca; cuando sentí que me iba a venir empecé a pujar, porque yo casi no hago ruido cuando cojo, nada más unos pujidines discretos a la hora de la venida de los insurgentes. Bueno, pues a pesar de que ella estaba pegando de berridos, me oyó pujar, se dio cuenta de que me iba avenir, ¿y saben lo que hizo? La hija de la chingada me puso las manos en las costillas, me empujó ¡y se salió! Saltó hecha la madre cuando yo ya empezaba a venirme en el aire, como fuente, sin saber ni qué patín, diciendo qué pachó qué pachó. Con una rapidez increíble Cornelia recogió el látigo y me empezó a madrear, durízzimo, mientras yo me venía. ¡Mocos mocos! Ahora sí que mocos, y desperdiciadazos, y los pinches latigazos culeros, y yo me revolcaba de dolor en la alfombra, con las manos cubriendo a mi pobre pito porque ya me había caído un latigazo en el chilam balam. ¡Mi verguita mi verguita! Pues la jija de su reputa madre me latigueó las manoplas y a huevo hizo que destapara la verdura para pegarme allí. Rodé por la alfombra para que no me diera de faul. Qué chillidos pegaba. Y Cornelia me seguía latigueando mientras yo rodaba. La alfombra ya se había llenado de sangre. ¡De *mi* sangre, carajo! En ese instante, zas, que se abre la puerta y que entra el cornelio Ernesto ultrapedísimo, catatónico, cayéndose. Prendió la luz, por puro reflejo. ¿Y saben qué dijo? Dijo buenas noches el pinche buey y se fue a su *recámara*, a seguir durmiendo sabrosito. ¡Hijo de la verga! Cuando prendió la luz sacó de onda a Cornelia y ella dejó de madrearme. Y la pude ver: encuerada, con su cuerpo huesudo y los muslos llenos de venidas y los senos de calcetín con canica llenos de sudor y toda desmelenada y con el látigo *chorreando sangre,* palabra de honor, y tenía los ojos entrecerrados, parpadeando, y la boca babeante y una expresión de sufrimiento en la cara, como si su orgasmo se hubiese interrumpido. ¡Pa su pinche madre! ¡Me salí corriendo, encuerado, a la calle! Las heridas me dolían una barbaridad. Me metí en el volks de Ernesto, porque me fijé que lo dejaban con las llaves puestas, y salí hecho la madre. Me cae que tiré la puerta del garaje de un volkswagenazo y luego tuve que buscar puras callecitas sin tránsito para que nadie me viera manejando encuerado y lleno de sangre y heridas.

EL LUGAR NO ES APROPIADO

—¡Este Ernesto! ¡Ahi te buscan!

—Qué, quién.

—Aligérate, Ernesto, ahistá otra vez esa chavita increíble que te vino a ver el otro día.

—¿Quién? ¿Raquelita? ¿Vino sola?

—Is, ahí está en la banca.

—Cámara, esta vez sí me la echo: dicen que las da fácil… A ver, profesor, me barres bien el cuarto y lo trapeas mientras yo verbeo a la nalguita allá en el patio. Cuando regrese todo tiene que estar reluciente, ¿entendiste, cabrón?

—Uta, pinche Ernesto, luego luego agarras viaje.

—Usté obedezca, o empiezan las patadas en el paladar.

Ernesto ya se había levantado del camastro, con gran velocidad. Se echó encima su chamarra nueva, ajustó el brazalete COMANDO F, se pasó el cepillo enérgicamente por el cabello y hasta tuvo tiempo de empaparse en loción antes de abrir la puerta y salir al patio, donde entrecerró los ojos cuando fue fulminado por la luz violentísima del sol que delataba aún más el verdor resquebrajado en la pared opuesta.

Afuera, el patio —como desde que llegó— seguía semejando el de una vecindad. Algunos presos platicaban con sus visitas y en lo más alto de la puerta enrejada se hallaban encaramados los presos más miserables, monos a la espera de la comida, un cualquier cualquier cacahuate…

¿Dónde está Raquelita? Qué chava más suculenta, es el Gran Agasajo, me cae…, ¿dónde está? Si ese pinche Profesor Galindo nomás me vaciló se va a arrepentir…

Pero Ernesto finalmente vio —con los ojos entrecerrados a causa de la brillantez del sol— a Raquel, quien se hallaba muy quieta en una banca, viendo su derredor con ojos pasmados, pálida, las manos adheridas a la tela minúscula de la faldita, con sonrisas torpes, nerviosas que ocasionalmente dedicaba a los dos presos jóvenes que la galanteaban y que, cuando vieron acercarse a Ernesto, huyeron hacia la escalera que conducía al piso superior. Van a ver, cabrones, pensó Ernesto, conque queriendo darme baje con la nena, ¿eh? Ernesto aminoró la marcha e irguió la cabeza como si de pronto caminara al compás del blues que se arrastraba desde los altavoces.

…Rebasó la fuente, pintada en todo su contorno con hongos y signos de la paz. Ernesto ya sonreía amplia, elegantemente…

Raquelita se iluminó al verlo acercarse, pero al ver la mirada de Ernesto volvió a turbarse un poco.

—¡Raquelita, nena, qué bueno que regresaste!

—Ay, cómo no iba a volver, Ernesto, si te lo prometí. Este... Mira, te traigo un regalito —Raquelita tendió a Ernesto una caja en la que se vislumbraban trozos de pan con crema a través de los agujeros que los celadores habían practicado en el envoltorio para revisar su contenido—. Es un pastel de avellanas riquísimo, lo compré en El Globo, tiene crema chantillí, a ver si te gusta.

—Hombre, ps cómo no —concedió Ernesto mientras deshacía el envoltorio para enfrentarse al pastel ultrajado en todas sus partes; incluso faltaba una gran porción—... Pinches monos —comentó Ernesto—, ya le metieron sus dedotes.

—Ay sí Ernesto, yo les dije y les dije que no traía ninguna cosa, digo, nada malo, pero no me quisieron creer, y luego todavía se quedaran con un pedazo.

—Cómo estuvo la entrada —preguntó Ernesto mientras mordiscaba unos trozos sueltos de pastel sin dejar de revisar los muslos, el vientre y los senos de Raquel; qué pastelito, qué pastelito, se repetía. Sus ojos se hallaban entrecerrados. Pinche vieja, cómo se vino a sentar al sol, y yo que olvidé los lentes oscuros...

—Pues como la otra vez, Ernesto, esas celadoras son de lo peor... —Raquelita enrojeció notablemente a causa de las miradas de Ernesto, del recuerdo de la revisión y de los rayos del sol, pero su atención se desvió al oír los gritos de Ernesto:

—¡Oye, tú! ¡Ése! ¡Ése! —Un preso muy joven, un adolescente de pelo largo, con un uniforme que le nadaba, se volvió hacia Ernesto, con el rostro blanco, aterrado—. Tú, bueycito, vete al restorán y me traes dos platitos y dos cucharas, le dices a Mayén que te manda Ernesto, pero muévete.

—Oye, Ernesto, la verdad yo no quiero. Desayuné antes de venir. Además, el pastel es para ti, para que lo compartas con tus amigos, ¿no?

—Bueno, bueno —dijo Ernesto, con una sonrisa en los ojos—, de cualquier manera ese lentejo ya fue... ¿Te fijas? Me los traigo aquí-compadre —Ernesto echó una mirada rápida a su rededor y volvió a sonreír al observar a Raquelita—. Oye, vamos a mi cuarto, ¿no? Aquí toda la bola de gandallas nomás se te queda viendo, se les hace agua la boca... Digo, no te vayan a faltar al respeto...

—Ay, pero si aquí está rico el sol. Y además a mí no me molesta que me vean esos señores; digo, los comprendo.

Un clarín desafinado tocó el llamado a comer y los presos de la reja se reunieron con otros que surgieron de todas partes; un ejército de hombrecitos morenos, paupérrimos, con las miradas ausentes, los uniformes desteñidos y las gorras cuarteleras con los picos apuntando al cielo; todos formaron una fila a partir de dos peroles inmensos y humeantes soportados por un par de carritos. La fila empezó a crecer hasta la banca donde se hallaban Ernesto y Raquelita, y él se puso en pie, con firmeza.

—No, carajo. Ya va a empezar el rancho y esto se vuelve un chiquero. Ven.

Tomó de la mano a Raquelita y la hizo levantarse. Ella se desprendió de Ernesto con un movimiento instintivo, titubeante, sin perder de vista a los presos enlineados junto a los peroles, quienes a su vez no cesaban de mirar la figura esbelta, bien vestida de la joven.

Al paso de Ernesto los presos que deambulaban en el patio se hacían a un lado, con miradas de codicia y de resentimiento. Pero Ernesto abría ya la puerta y, al hacerlo, palideció estupefacto, cuando la luz penetró e iluminó al Profesor Galindo quien, tendido en el camastro, devoraba con fruición las revistas de Ernesto.

—¡Lárgate de aquí, pinche Galindo! —rugió Ernesto. Velozmente corrió hasta él, le arrebató las revistas, le dio de golpes con ellas en la cabeza y aún alcanzó a esconderlas en fracciones de segundo bajo una pila de periódicos. Éstos hacían las veces de mantel para el buró acondicionado con dos huacales de madera. El Profesor Galindo salió de la celda, con una sonrisa cínica y divertida y sin dejar de ver ávidamente a Raquel, quien, cuando la puerta se hubo cerrado, tuvo un calosfrío al advertir que la luz disminuía hasta convertirse en la grotesca luminosidad del foco que pendía sobre el camastro.

Raquel, inquieta, revisó el cielorraso de un dudoso color de rosa chillante; ese mismo tono cubría las paredes, o las partes de ellas que dejaban al descubierto los pósters sicodélicos y las fotografías de rocanroleros y de mujeres desnudas. Había también, en una mesa, una parrilla eléctrica con un pocillo de agua hirviente junto a dos barquitos tallados en hueso con velámenes de tela roja. En la misma mesa, que no ocultaba el irónico nombre: Carta Blanca, había un televisor y un tocadiscos portátil. Y más allá del par de sillas plegables Raquel vio las cobijas grises que hacían de alfombra y el camastro, ridículamente estrecho y abombado por varios colchones. Ernesto extendía las cobijas con movimientos nerviosos y de pronto soltó a reír, para sí mismo. —Pinche Profesor Galindo, ni siquiera barrió… —después se volvió hacia Raquel, con una sonrisa cortés de anfitrión—, siéntate, siéntate, Raquelita…

—Ésta, este, este, ¿ésta es tu celda? —preguntó Raquel insegura, y tomó asiento cuidadosamente en una silla, estirando la falda sobre sus muslos.

—Está de pocas si tomas en cuenta las demás, digo: si las conocieras, ¿no?, ahí viven apilados tres cabrones. Y no se diga el cuartelón… Oye, ¿no te quieres sentar aquí? —invitó Ernesto palmeando la cama—, ayer conecté un colchón de hule muy efectivo, se lo bajé a un pendejo que andaba bien necesitado de tecata —agregó, con una sonrisita.

—Ay cómo eres, Ernesto —Raquel no se movió de la silla.

—Hija, ¿te has fijado cómo aquí todo mundo me trata con respeto? Porque me he hecho valer, ves, la cárcel me la pela. Aquí todo el personal truena y yo, en cambio, ni madres. Se aprenden muchas cosas, Raquelita, se aprende a ver la verdadera realidad...

Ernesto se puso en pie, casi con un salto.

—¿No quieres un cafecito? Digo, para hurgarle al pastel que trajiste. Cámara, hija, me cae que se ve de pocas. Muchas gracias. Te la sacaste, maestra.

Raquel sonrió ampliamente, satisfecha. —Ah pues esos pasteles yo los conozco desde que estaba bien chiquita. Mi mamá siempre iba a El Globo a comprarlos, cuando todavía vivía mi papá. Es que vivíamos a la vuelta, en la colonia Roma.

Ernesto avanzó a grandes pasos y abrió la puerta de la celda. Un golpe de luz penetró en ese instante, venció al foco enroscado encima de la cama y abarató las paredes de color de rosa.

—Quién sabe qué le pasó al buey que le pedí los platos, va a ver ese hijo de la chingada —terminó Ernesto, casi murmurando, y volvió a cerrar la puerta—. Pero no hay tos —agregó, viendo con fijeza a Raquel, quien, muy quieta en su silla, se hizo a un lado lo más que pudo cuando Ernesto se acercó y conectó la parrilla eléctrica. La luz de la resistencia al rojo vivo demarcó sombras contrastantes en la cuenca de los ojos y en la frente de Ernesto, y Raquel sintió otro calosfrío al advertir la mirada penetrante, fija en todo su cuerpo.

… Ernesto removió el pocillo con agua y extrajo, de la parte inferior de la mesa, dos platos grandes, tenedores de plástico y un par de tazas casirrotas; sopló en los platos para quitar el polvo y, después, no satisfecho, recogió una camisa del suelo y con ella los limpió.

—A ver, yo sirvo —dijo a Raquel. Ella, muy consciente de su cercanía, un poco pálida, asintió. Ernesto cortó un par de trozos de pastel y los puso sobre los platos. —Ora, llégale —dijo.

—No, gracias, de veras, ya desayuné, pero come tú —reiteró Raquel con la vista fija en los barcos de hueso amarillento. El agua hervía.

—Y qué, ¿un cafecito no?

Raquel sólo pudo mirarlo a los ojos durante fracciones de segundo. —Bueno —accedió.

Ernesto regresó, pausadamente, a la cama. Dejó el pastel sobre la pila de periódicos, se volvió, titubeante, hacia Raquel y luego ensayó una sonrisa.

—Este pastelito se ve tan de pocas que hay que agasajarse debidamente… ¿no te quieres dar un fuetazo? —agregó, con tono de complicidad.

—Ay no, Ernesto, tú sabes que yo a eso nomás no.

—Cámara. ¿Todavía no te atizas?

—No, yo no —reiteró Raquel, muy seria, respirando

profundamente; se hallaba muy pálida—. Ay, Ernesto —añadió—, de veras, no sé qué siento al ver que sigues fumando mariguana en la cárcel. Por fumar te trajeron aquí, ¿no?

—Pues sí, pero aquí hay más mota que afuera y además aquí en la Efe sí se puede, hay permiso de Salubridad para el atacón… Desde que llegas los comandos te dicen con quién la debes conectar y con quién no.

Ernesto sacó, de debajo de la cama, una caja de zapatos. Abrió la caja y mostró, con orgullo, todo el interior lleno de mariguana desramada y unos cigarros liados con papel de estraza.

—Mira nomás qué huatote, hija, ¿te cae que no vas a querer?

—De veras no, Ernesto, yo a esas cosas nomás no; es más, de veras me pone muy muy nerviosa, no fumes por favor, ¿no?

—No te pongas paranoica, chava, me cae que aquí no hay pedo, aquí todo mundo se ataca, de pendejo yo no.

—Y tienes mucha, Ernesto, ¿no?

—Es que aquí soy de los influyentes, Raquelita, tengo toda la que quiero… El mayor y el primer oficial son mis valedores y pa pronto me dijeron cómo está el rollo y me dieron una bola de achichincles para que yo los pusiera a venderla. Jia jia, cada noche vienen mis esclavos y yo me pongo a hacer los papeles de grifa y ellos al día siguiente se los dejan ir al personal.

Ernesto ya había encendido un cigarro maltrecho y lo fumaba con intensidad, conteniendo el humo.

Raquel lo observaba con atención, preocupada: su corazón latía sin control, tenía el impulso de correr y, en vez de eso, su cuerpo se arraigaba más en la silla.

—Fíjate, Ernesto, qué tal si te vuelven a agarrar, entonces sí ya no sales.

—Oh cómo chingas, no eches la salazón... Te digo que no hay tos, estoy protegido por los efectivos de la crujía y ellos están protegidos por los meros cabezones del tanque; todos están en la onda, ¿no ves que es un negociazo? Sacan los puros billetes... Ora pues, llégale, pinche Raquelita, atízate para que te alivianes, esta manteca está precisa, me cae...

—*No*, de veras, si no fumo afuera cómo voy a fumar *aquí*, le prometí a mi mamá que *nunca* iba a fumar mariguana. Además, desde que me consiguió el trabajo en la galería y vio que iban muchos greñudos me empezó a decir que yo no me fuera a meter en eso... ¿De qué te ríes?

—No me río, es que soy dientón... Chale, a poco a tu edad le haces caso a tu mamá, ella ni sabe cómo está la ola.

—Bueno, no es por eso; aunque sí, es que a mí esas cosas nomás no.

—Carajo, ya estás como el mamón de Salvador... Ese mono tampoco quiso atizarse nunca, él nomás atizándose con sus libros mamertones, diciéndome que no fumara la yesca porque guaguaguá y escubidubi... ¿Me lo crees? Créemelo.

—Bueno —aventuró Raquelita—, yo no le digo a la gente que no fume, ¿no? Y así como no les digo que no, pues no me gusta que me digan que sí, ¡y menos aquí!

Ernesto había consumido casi todo el cigarro. Se puso unos lentes oscuros con un movimiento reflejo y se acostó en la cama, con las piernas entrecruzadas, después de apagar la colilla. Su expresión se había vuelto ausente, aunque también parecía sonreír con malicia contenida.

... Parece mosca, alcanzó a pensar Raquel.

—... Pinche Raquelita, me cae que tú no agarras la onda —dijo Ernesto con un tono que pretendía ser grave; la voz ronca y cargada de intensidad, un poco quebrada—... No te quieres solidarizar con los jodidos.

—¿Yo? —exclamó Raquel con una sonrisa nerviosa y tragos brevísimos a su café, repentinamente llena de aprensión, con una incomodidad ominosa—, ¡cómo no! Estoy aquí, ¿no?

—No, me cae que no —insistió Ernesto, casi arrastrando las palabras—; tú te sientes muy arriba, tienes a tu jefa cargada de pesos y aquí nomás me ves como animal raro.

—¿*Yo*? ¡Al contrario!

—Sí sí, como que tú no me quieres ayudar, como que no te bajas de tu nube, ¿no?, tú como la canción de los Rolling: ¡pírate de mi nube porque dos ya son muchos en mi nube, chavo! —agregó Ernesto, sonriendo.

—Pero no, Ernesto, ay Ernesto, ¿cómo crees?, ¿entonces por qué te vine a visitar?

—Pus no sé, como que nomás viniste a divertirte, a agarrar tu cotorreo viendo al changuito en su jaula.

—No no, Ernesto —intervino Raquel con mucha seriedad—, de veras vengo porque te estimo, ves, me caes bien, ¿no?, este, porque, porque, bueno, porque creo que es buena onda visitarte, si no ni vendría, *palabra*.

Ernesto se incorporó. Tomó asiento en la cama, viendo fijamente a Raquel.

—Si no vienes a divertirte, chava, a gozar con mis azotes, a qué vienes… Dime la verdad, pero la mera verdad.

Raquel palideció como nunca, presa repentinamente de un gran terror. Instintivamente miró hacia la puerta.

—Ay pues ya te dije…

—¡No, ni madres! —gritó Ernesto, de pronto—, ¡no me has dicho nada! ¿Sabes a qué vienes? ¿Sabes a qué vienes?

—Pus ya te dije, Ernesto, ¿no?

—¡No! —volvió a gritar Ernesto, con furia, ya en pie—, ¡pero yo sí sé a qué vienes! ¡Vienes a agasajarte conmigo! ¡Vienes a coger con un preso! ¿Sabes que estás bien buena y vienes a ver cómo me pone tu bizcochito! ¿No? ¿No? ¡Dime la verdad, pero no te hagas!

Raquelita finalmente pudo moverse, pero Ernesto se hallaba en frente, inmenso, enorme, muy fuerte, y ella sólo alcanzó a echarse atrás, casi se cayó de la silla. Ernesto se inclinó ante ella, viéndola con sus lentes oscuros en la oscuridad de la celda. Raquel no pudo hablar, tenía las manos adheridas a su pecho, aferradas a su blusa, sin sangre casi en el rostro, creyendo que los latidos de su corazón resonaban en toda la celda.

—No, Ernesto, yo no, yo no, ¡eso no! ¡Eso no!

—¡Carajo! ¡No te hagas! ¡Vienes a ver qué se siente coger con un preso!

Ernesto la tomó de los brazos, la alzó sin dificultad y buscó los labios. Raquel quiso echarse hacia atrás, huir, huir, pero no pudo, pues Ernesto, casi tropezando, la aprisionaba con violencia y trataba de abrirle la boca con su lengua, mientras sus manos le apretaban las nalgas con una presión dolorosa. Raquel forcejeó unos instantes pero sus piernas flaqueaban, no podía desprenderse de él, y él la estrujaba y casi le enterraba los lentes oscuros en la cara. Como en un relámpago Raquel pensó: ¿a qué vine?, ¿a qué vine? El olor de la loción de Ernesto ya la había impregnado, porque su cuerpo cedía y su ropa se abría y Ernesto hurgaba con ferocidad en sus senos. El olor de la mariguana no se iba de la nariz de Raquel cuando Ernesto y ella cayeron en la cama, casi rebotaron; y ella, más que luchar, se debatía en movimientos incoherentes, veía las paredes del maltrecho color de rosa, y luego, en la oscuridad de sus ojos cerrados, advertía ráfagas de luces brillantes que se desparramaban como sus pensamientos, en destellos inconexos, otra vez, otra vez, y luego qué, qué va a ser de mí, dónde me voy a limpiar, me voy a ir de aquí con sus líquidos impregnando mi ropa, se me van a ensuciar las pantaletas, si voy al baño a limpiarme todos los presos se van a dar cuenta de lo que hicimos, pero mi mamá jamás se va a dar cuenta. Ernesto había alzado la falda y abierto la blusa, lamía con intensidad el sexo de Raquel y ella se convertía en agua, toda ella era líquida, voy a tener el mismo sueño, el mismo sueño, qué horror, y su incoherencia era asfixiada por la respuesta exacta, nunca aprendida, pero que una vez más surgía obediente al sentir que Ernesto la abría, se deslizaba hasta lo más profundo de su interior con un impulso correcto, sin obstrucciones, como nunca, como nunca, que inició en ella una oscuridad progresivamente avasalladora de la que emergían los movimientos coordinados de sus caderas y después la aparición fugaz del techo color de rosa con sus imperfecciones misteriosamente nítidas con los dientes de Ernesto mordiscando sus pezones y luego la boca bien adherida en la dureza de sus senos y sus manos en las nalgas y los destellos de luz desgranándose en su interior y voy a tener el mismo sueño el mismo sueño voy a despertar con la boca resequísima piernas flaqueantes aversión a la luz ya para entonces el interior de su cuerpo comenzaba a agitarse, a trepidar a convulsionarse, *¡voy a gritar!*, e iniciaba una oleada de negrura, feliz oscuridad que ascendía hasta apagar el último rincón de su mente y que cedía lugar al cese absoluto de la conciencia, de la existencia subjetiva de Raquel, y a la preponderancia de oleadas vigorosas de sensaciones caóticas, sumergidas, ya la oscuridad ardiente que poco a poco amainaba y que le devolvía la conciencia de que Ernesto se hallaba encima de ella, bien adentro de ella, como nunca, como nunca, Ernesto sigue dentro de mí, se está moviendo con todas sus mañas y tuve un orgasmo, qué horror, yo vine a coger con un preso, voy a tener el mismo sueño, vine a coger con un preso, qué bárbara soy, y en instantes recuperaba el color de rosa del techo, sus nítidas imperfecciones, sus sombras tenues, Ernesto no se quitó los lentes oscuros, no le puedo ver los ojos, parece una mosca, una lagartija, qué dentro está, ni siquiera se quitó la ropa, qué fuerza tiene, qué fuerte me oprime los senos, y una vez más se reiniciaba la marea, la marea progresiva, creciente, total, de un nuevo orgasmo.

… Estaban tocando la puerta, cada vez con más vigor. Raquel finalmente oyó los golpes que para entonces resonaban y cimbraban el metal de la celda, y en ese momento él se dejó caer pesadamente, ella apenas logró hacer a un lado la cabeza, y Ernesto eyaculó largamente, una eternidad de espasmos incontinuos en los que fluía más y más semen. Los golpes en la puerta continuaban y Raquel quiso decir están tocando, están tocando, Ernesto, ¿no oyes? Ernesto, respirando con pesadez, sin dejar de acariciar golosamente uno de los senos de Raquel, se volvió hacia la puerta. Los toquidos continuaban. —Carajo —murmuró Ernesto, y dijo después—, ¡quién, quién!

—Raquel, muy sobresaltada, quería que él se quitara de encima y le empujaba el torso, pero Ernesto continuaba moviéndose con lentitud dentro de ella, su erección sin decrecer. —¡Tienes visita, buey! ¡Sal, te están esperando! —¡Cómo visita! —gritó Ernesto, sin dejar de oscilar su cadera—, ¡si ya tuve visita! —¡Otra visita, pendejo!— Raquel empujaba a Ernesto para que saliera de su cuerpo, pero él permanecía allí, sin darse por aludido, acariciando uno de los senos, con su miembro en erección total removiéndose sin fatiga. —¡Pero quién es! —¡Oh, yo qué sé! ¡Qué le digo! —¡Párate, Ernesto, párate! —logró balbucir Raquel—, por lo que más quieras, párate. —¡Es un cuate, está en una banca esperándote, ya te han voceado un chingo de veces! —¡Oh, pos no se oía nada! —¡Quítate, Ernesto, ve a ver quién es! —Chance sea mi abogado —musitó Ernesto, y luego se volvió hacia Raquelita, sonriendo. Se quitó los lentes oscuros. —Qué sabrosa estás, corazón —dijo. Sus ojos enrojecidos, empequeñecidos, plácidos. La besó largamente, su lengua se onduló por toda la boca de Raquel, y ella cedió una vez más, en ese momento yerta, inmóvil, sin pensar en el miembro que seguía removiéndose dentro de ella. Afuera se oían voces y risitas. Ernesto volvió a ponerse los lentes oscuros. —Pinche abogado, qué horas de venir —musitó, y finalmente sacó su miembro abruptamente, con un solo movimiento, y lo limpió con la cobija de la cama.

Raquel, a toda velocidad, buscó sus pantaletas y trató, al mismo tiempo, de esconder sus senos bajo la blusa, ay Dios ya se arrugó toda, alcanzó a pensar. Ernesto ya se hallaba en pie, fajando su camisa bajo el pantalón azul del uniforme. —Quién chingaos será —murmuró con una sonrisa al ver que Raquel, nerviosamente, se acomodaba las pantimedias y luego la falda, alisaba la blusa y entrecerraba los ojos al sentir que la luz del sol penetraba en la celda como un relámpago doloroso cuando Ernesto, ya con un cigarro encendido, colgante en su boca, se acariciaba los testículos y su pene aún hinchado y luego hacía a un lado a dos presos pequeños, muy morenos, sin camisa bajo el chaquetín, que trataban de mirar, ansiosamente, hacia dentro.

Cuando Ernesto salió y cerró la puerta bloqueando así la luz hiriente del exterior, Raquel, muy agitada aún, lamentó que su falda se hubiera arrugado, y su blusa también, qué pena, Dios mío, qué pena, y buscó un espejo pero no había, estoy en el cuarto sin espejos, pensó, sin darse cuenta, vio de reojo la cama destendida, el plato de pastel sin tocar y la caja con mariguana que permanecía desvergonzadamente ante su vista, y pensó: hay que guardar eso, pero no lo hizo porque ya estaba extendiendo las cobijas, mediante fuertes soplidos con la boca abierta trataba de expulsar el sabor de la saliva de Ernesto. Y una sensación de tristeza, de profunda desolación, pugnaba por inundar su conciencia, por desplazar la agitación caliente, con recodos de satisfacción, que aún la poseía. Raquel evitó deprimirse con la prisa en ponerse presentable, en borrar, por lo menos en ese instante, las huellas de su coito, Dios mío, qué vergüenza, pero si yo no venía a hacer eso con Ernesto, claro que no, Dios mío, tú sabes que yo no vine a hacer el amor con un preso.

DEJA QUE SANGRE

Un día Eligio despertó y no halló a Susana junto a él. No le sorprendió, ya eran varias las ocasiones en que ella se levantaba temprano para pasear por el parque. Calmosamente Eligio se vistió, se lavó y pasó al desayunador, donde Joyce huyó al verlo. Se hizo un sándwich y fue a comerlo a la ventana, casi seguro de que vería a Susana leyendo sentada cerca del río. Pero no la vio.

El cielo estaba nublado y soplaban fuertes ráfagas de viento. A Eligio le pareció ver algo extraño y miró con atención hacia afuera. ¡Claro! ¡Estaba nevando finalmente! Primero eran unos copos que más bien parecían trozos de granizo aguado que, con el viento, se desplazaban por la avenida, serpenteaban vertiginosamente a causa de las corrientes de aire. La nieve comenzó a caer con más fuerza, y Eligio se dio cuenta de que su corazón se bamboleaba y de que se hallaba feliz ante el espectáculo. La nieve caía con una callada persistencia y se acumulaba en el suelo. Era una bendición contemplar cómo el pasto reseco del parque, junto al río, se iba cubriendo de una fina capa blanquísima, definitivamente lo más blanco que existe es la nieve, reflexionó Eligio, ¡carajo, dónde estará Susana!, pensó después; le habría gustado mucho que los dos estuvieran juntos en esa primera nevada, no era buen augurio que en ese momento cada quien anduviera por su lado. De repente se descubrió lleno de energía y supo que tendría que bajar inmediatamente a la calle a correr entre el viento helado, a abrir la boca y tragar nieve, a hacer las primeras bolas como ya lo hacían varios participantes del Programa: allí andaban los chinos, y Ramón y Edmundo y Hércules, muy divertidos bajo la nevada que cada vez era más fuerte; ya le estaba costando trabajo distinguir bien las figuras allá abajo.

En ese momento oyó un estrépito en la puerta del cuarto. Fue hacia allá al instante, pensando que Susana habría olvidado su llave y vendría para arrastrarlo abajo, a la nieve, pero quien entró como tifón fue Altagracia; venía furiosa porque, según ella, esa maldita Susana de nuevo le había robado a su hombre, sí, al polaco, ¿a quién si no?, los dos hijos de perra se habían largado del Programa. Eligio se quedó helado, y Altagracia seguía pegando de gritos, casi histérica, diciendo si estaba sordo o era estúpido o las dos cosas, se habían *largado*, ¿no lo podía comprender?, ¡se habían ido! ¿A dónde, a dónde?, rugió Eligio, de pronto impaciente, reprimiendo los deseos de despellejar viva a esa maldita oriental. Altagracia no sabía a dónde, pero sabía que el húngaro y el checo también se habían ido, y ella creía que estarían en Chicago, pues desde tiempo antes querían conocer a Saul Bellow, ya que el Programa ni lo había invitado ni había organizado una excursión para visitarlo. Uno de los socialistas se había quedado, quizás él supiera algo más.

Eligio salió corriendo del cuarto, bajó varios pisos a grandes zancadas y llegó al cuarto del poeta rumano, quien, al ver llegar a Eligio luchó por borrar el sobresalto y la palidez y alcanzó a decir que sus amigos habían planeado hospedarse en una especie de albergue de la Asociación de Jóvenes Cristianos. Eligio regresó a su cuarto, saltando de dos en dos los escalones. Echó ropa en una maleta y después fue a la cocina. Hurgó entre unos estantes y de una jarra obtuvo la pistola calibre veinticinco. Se la metió bajo el cinturón y regresó al cuarto. Estaba dominado por una fuerza ardiente, como si cada cinco segundos lo bañara un perol de aceite hirviendo, y no quería pensar, pero no podía evitarlo, hija de la chingada, pinche vieja puta, qué calladito se lo tenía, seguramente había estado viéndose con ese polaco de mierda desde quién sabe cuánto tiempo antes, y él, de estúpido, había confiado enteramente en ella, ni siquiera le pasó por la cabeza la posibilidad de que Susana reincidiera con ese culero y mucho menos que se largara con él, pero ya vería, esta vez sí iba a partirle toda la madre a ese albino estúpido, mientras más grandotes más imbéciles, y a Susana la iba a dejar plana a cintarazos. Pendeja, pendeja, se repetía, no lo conocía, no sabía de lo que era capaz. En la cama del cuarto Altagracia lloraba, y Eligio, al verla, sintió una cólera helada. A ver, tú, mueve tu culo de aquí, vámonos pafuera, órale, le dijo, pero ella no le hizo caso, y Eligio contuvo la necesidad de darle una tanda de patadas; sólo la pescó de los hombros y la sacó del cuarto a empujones.

Afuera, Eligio echó a correr, bajó las escaleras en un instante y pronto se hallaba en el estacionamiento del Kitty Hawk, donde la nieve caía sin cesar y el piso del estacionamiento se había cubierto de nieve chocolatosa por el tránsito de autos y gente. Ni siquiera sentía frío cuando se metió en su coche. Acababa de accionar el arranque cuando, junto a él, se estacionó la camioneta del Programa. ¿Piensas *salir*?, le preguntó Becky con nubes de vaho en la boca, después de bajar la ventanilla. Eligio ni siquiera le contestó y se concentró en tratar de echar a andar el motor, que estaba helado. ¡No salgas!, insistió Becky, las calles están imposibles por la nieve y tu auto ni siquiera tiene llantas adecuadas, las autoridades de la ciudad aún no despejan la nieve de las calles, la tormenta está muy muy fuerte. El Vega logró arrancar finalmente y Eligio metió la reversa cuando, de pronto, se volvió hacia Becky. ¿Cómo llego a Chicago?, le preguntó. ¿*A Chicago*?, repitió Becky, desconcertada. ¡Sí, a Chicago, con un carajo, dime qué puta carretera tengo que tomar! No me gustan *nada* tus modales, replicó Becky, ofendida; pero te diré que a Chicago se va por la interestatal ochenta, y ya sabes, tú puedes hacer lo que quieras pero es suicida salir con este tiempo, por la radio han avisado que la tormenta durará mucho más tiempo aún y se recomendó a los motoristas que no salieran salvo en casos de verdadera urgencia, y tú no tienes ninguna experiencia manejando en la nieve. ¡Vete a la mierda!, gritó Eligio, en español, y salió a toda velocidad: el Vega se coleó con fuerza y Eligio se aterró cuando metió el pedal del freno hasta el fondo y el auto no se detuvo, sino que empezó a patinar rabiosamente en un montón de nieve blanda. Eligio volvió a acelerar, en la madre, pensó, creo que tiene razón esa pinche flaca, el auto logró desatascarse y salió disparado hacia adelante.

Tomó la avenida principal y ésta, a los pocos metros, lo llevó a la carretera, donde, para su alivio, advirtió que no había tanta nieve, ya que el viento la barría hacia los lados; varios vehículos transitaban por allí, camiones de carga principalmente, y aunque todos manejaban con prudencia no iban tan despacio. Eligio se pegó a un gran tráiler que corría a noventa kilómetros por hora y se fue detrás de él, con los ojos muy abiertos y las manos sudorosas: cada vez más advertía los peligros de manejar en esas condiciones y mientras más alerta trataba de estar, mayor angustia experimentaba. El viento soplaba con furia y zarandeaba al cochecito.

Tres horas después la tormenta empezó a amainar. En esa parte de la carretera alguien había despejado la nieve; eso permitió que Eligio se relajara un poco. Pudo ver que en su derredor todo era de una blancura interminable, la nieve se perdía en los horizontes. Eligio manejó sin detenerse, con el cuerpo engarrotado, ya que por las premuras olvidó ponerse todo lo que acostumbraba para no sentir tanto frío: dos pares de calcetas, ropa interior térmica, camisa de franela de manga larga, chaleco, grueso chamarrón, guantes, bufanda, gorro y orejeras. En ese momento sólo se había echado encima la chamarra pero sentía que sus piernas se iban a astillar de tan heladas. Sólo se detuvo a cargar gasolina, a entrar al baño y a comprar un mapa de Illinois donde él se encontraba. Cuando regresó al auto el dependiente le preguntó si iba muy lejos. A Chicago, respondió Eligio, viendo suspicazmente al joven de greñas rubias que sonreía, divertido. ¿Por qué? ¿No le ha dado problemas su carro? Hasta el momento no, ¿por qué?, insistió Eligio. Es que estos Vegas salieron muy malos, a cada rato se descomponen y si se quieren vender, hay que darlos muy baratos. ¿Cómo cuánto costaría este coche, entonces? Pues unos doscientos dólares. ¡Muchas *gracias*!, exclamó Eligio y rearrancó rogando porque el Vega no fuera a dejarlo tirado en plena nieve, con razón me lo dieron tan barato, pensó, muy atento a todas las señales de la carretera, las desviaciones a pueblos que él nunca llegaba a ver porque lo impedían los muros de la carretera, que era muy amplia. Más adelante empezó a sentir hambre, pero no se detuvo, quería conservar su estado de ánimo, esa cólera ardiente que lo bañaba cada vez que pensaba en Susana y el polaco. No quería calmarse para nada, sino llegar a Chicago con una hoguera rabiosa por dentro, no escuchar nada de lo que le quisieran decir, si es que querían decirle algo, y poder acabar a patadas con los dos hijos de la chingada.

Ya estaba avanzada la tarde cuando cambió de carretera hacia Chicago que, por otra parte, ya debía estar cerca. Allí también había nevado pero la carretera ya estaba despejada y él corrió a todo lo que daba el Vega; ya se había acostumbrado a lo resbaloso del asfalto y, además, otros vehículos iban a más de cien kilómetros por hora. Era de noche cuando al fin entró en Chicago, por una zona que se parecía muchísimo a cualquiera de las entradas de las ciudades que había visto en Estados Unidos. A Eligio no le interesaba lo que veía, sólo quería llegar al centro y allí averiguar dónde se encontraba ese albergue de los Jóvenes Cristianos, qué pendejos socialistas, pensó, ve nomás a dónde se fueron a meter. Eligio recorrió calles sin saber por dónde se encontraba, aunque tenía la impresión de hallarse cerca del centro. Siguió manejando hasta que, de pronto, llegó a una amplia avenida que costeaba el lago, cuyas olas se estrellaban con furia en la playa. Parecía el mar, decidió Eligio viendo el agua encrespada por el viento a lo lejos.

Detuvo el auto y caminó a la orilla del agua, con un frío cada vez más terrible. Los dientes le castañeteaban y continuamente se frotaba los muslos. No supo cuánto tiempo permaneció allí, frente a las olas que rompían, escuchando sin escuchar el fragor del viento. No sabía en qué momento había perdido todas las fuerzas y en ese momento se sintió desolado, pequeñísimo frente al lago embravecido y con los inmensos edificios bien iluminados, seguramente calientitos y acogedores, a sus espaldas. Supo que se hallaba más lejos que nunca de casa, pero su casa no era el departamento de la ciudad de México sino un impreciso centro de sí mismo, el cohabitado por Susana. Qué lejos se hallaba, en el perfecto culo del mundo. Vio pasar a unos muchachos, bien protegidos del frío, que hablaban a gritos, festivamente, y a Eligio le parecieron seres de otra galaxia que se comunicaban en un idioma incomprensible pues nada de lo que gritaban se podía entender; eran entidades vagas, delgadas, con atuendos extraños que subrayaban la manera como la mente de Eligio se expandía en explosiones lentas pero indetenibles, su conciencia se fragmentaba, se alejaba en cámara lenta en todas direcciones. Encontró una banca y allí se desplomó, con más frío que nunca; jamás imaginó que pudiera existir un frío tan terrible, que penetrara hasta lo más interno de sus huesos; le daban ganas de llorar y petrificarse, la nueva estatua de sal frente al lago, pero sería inútil porque seguramente sus lágrimas se congelarían tan pronto salieran y colgarían como estalactitas de sus pestañas: el peso de su llanto, el llanto sin cesar que empezaba a fluir con lentitud de su mirada, las brumas acuosas que borraban los contornos, una mancha gris y rabiosa, con puntas verdes, se agitaba frente a él; él mismo era esa mancha grisácea que empezaba a cristalizarse, con aristas más filosas que las de su desesperación; lloraba a moco tendido, a gritos, sin querer controlarse, vaciándose a través del llanto, sintiendo que con cada espasmo de él escapaban largas y viscosas fibras de color gris, el color de la muerte.

No supo cuánto tiempo lloró en esa banca, y se sobresaltó al volver a experimentar el frío con su máximo rigor. Dentro de esa cápsula de grisura todo perdía su forma, aunque tampoco había ni frío ni calor. Sus dedos, bajo los guantes, estaban húmedos y rigidizados, y los pies, a pesar de las botas, le dolían, cualquier mínimo movimiento desplegaba abanicos de sufrimiento que ascendían hasta cimbrar su cabeza. Resopló fuertemente y formó una revuelta nube de vaho. Se puso en pie sacudiendo la cabeza para recuperar la lucidez. Durante unos segundos no supo ni dónde se hallaba ni qué hacía allí, sólo era consciente del frío tan espantoso que hacía, todo era un inmenso pozo de vaciedad en el que pendían algunas luces; sí, se dio cuenta después, unas embarcaciones se zarandeaban en el lago, éste es el lago Michigan, estoy en Chicago, soy Eligio a la caza de mi mujer. Reflejos en el agua de las luces de los edificios. Qué frío. Estaba nevando nuevamente y Eligio alzó el rostro, pero la nieve no lo mojaba como la lluvia, simplemente depositaba su presencia suavemente, acariciándolo, besando su frente para que muriera mejor.

Este pensamiento le devolvió la lucidez y supo que tenía que comer algo, se hallaba tan débil que le costaba trabajo erguir la cabeza. Había que comer, alimentarse, de otra manera iba a llegar con Susana a desplomarse ante ella, a pedirle un refugio en la tormenta. Regresó al auto y en esa ocasión manejó despacio y con mucho cuidado: su mente se iba, le costaba un gran esfuerzo concentrarse y ver, afuera, los pocos autos que transitaban con lentitud; esos vehículos, como el suyo, eran de una fragilidad aparatosa en la nieve que caía serena y maravillosa. Se detuvo en un restorán, y en lo que le servían la comida fue al teléfono público, descolgó la guía telefónica y localizó la dirección del albergue. Estuvo a punto de salir como fiera, pero en ese momento sentía más frío que nunca a pesar de la calefacción del local, y prefirió esperar y comer. Ellos no se le iban a escapar, claro que los encontraría y ya verían, ya verían… Comió con lentitud e incluso advirtió que la comida era pésima. No le importó. Luchaba por ignorar que en ese restorancito había una calidez que invitaba a quedarse allí por siempre.

Al salir se detuvo en una gasolinera, cargó el tanque y después extrajo un mapa de la ciudad de una máquina. Regresó al auto, pero éste se hallaba tan frío como la calle, así es que volvió al restorán y revisó el mapa con detenimiento hasta que sintió que se orientaba y supo por dónde enfilar para llegar al albergue. Echó a andar el coche y tuvo que dar infinidad de vueltas; la tormenta había arreciado, el Vega patinaba a cada instante y en varias ocasiones el pedal del freno simplemente se hundió hasta el fondo y Eligio tuvo que frenar con las velocidades cuando estaba a punto de estrellarse.

Nevaba más que nunca cuando llegó al albergue de la Asociación de Jóvenes Cristianos. Logró encontrar dónde estacionar el Vega y caminó al albergue. Para su sorpresa descubrió al checo caminando con rapidez, a causa del frío, con una bolsa de comestibles. Eligio se agazapó en la pared para que el checo no lo viera, lo dejó pasar y después lo siguió, comprobando que la pistola continuaba en su lugar. El checo entró en el albergue y sacudió su abrigo para quitarse la nieve. El húngaro leía un periódico en el pequeño lobby; el checo lo alcanzó, cruzaron unas palabras y se perdieron por un pasillo. Eligio los siguió, silenciosamente, quitándose la nieve de la ropa para no parecer fuera de sitio allí, y vio que el checo y el húngaro se metían en un cuarto. Por aquí deben estar los otros dos, pensó. Se quedó mirando las puertas vecinas y trató de adivinar dónde estaban el polaco y su mujer, pero como no tuvo la menor idea regresó al lobby a preguntar en la administración, aunque hubiera preferido evitarlo. Sin embargo, a pocos pasos vio otro pasillo y sin saber por qué se fue por allí. Fue a dar a una puerta que decía EXIT. La abrió. Conducía a un callejón, donde se podían ver las escaleras de emergencia del edificio. Seguía nevando copiosamente, pero Eligio ya no sentía frío. Cerró la puerta con grandes cuidados y durante unos segundos se quedó al pie de las escaleras, en el callejón oscuro y silencioso. Del otro lado sólo se veían las bardas de casas pequeñas, seguramente se hallaba en un sitio céntrico de gente más bien pobre. En la pared del edificio había ventanas. Eligio avanzó. Con la boca reseca y la mano aferrada a la cacha de la pistola. Algunas ventanas dejaban ver franjas de luz y Eligio se asomó. Vio cuartos vacíos, mobiliario pobre, gente desconocida, y después le pareció que se hallaba frente al cuarto del checo y del húngaro, porque se oían voces masculinas hablando en un idioma inentendible. Avanzó a la siguiente ventana, que tenía las cortinas corridas. En la parte superior faltaban algunos ganchos y seguramente se podría ver el interior. Eligio miró en todas direcciones, no había nadie a la vista, y sigilosamente empujó un par de enormes botes de basura. Trepó en ellos con dificultad, jadeando por el esfuerzo: sus piernas estaban casi paralizadas y moverlas costaba un agudo dolor en las rodillas. Logró equilibrarse en los dos botes y se irguió para ver a través del hueco de la ventana. Dentro la calefacción estaba tan alta que los cristales se habían empañado y sólo se podía ver hacia dentro por algunas partes.

Susana vestía una holgada camiseta de hombre y nada más. Algo la hizo detenerse y otear el ambiente. Durante fragmentos de segundo se quedó muy quieta, con la nariz alzada, y apenas deglutió el trozo de manzana que tenía en la boca. Se mordió los labios. Había palidecido terriblemente. Eligio la vio volverse con rapidez. Alguien la llamaba. Eligio barrió la mirada hasta localizar una cama donde se encontraba el polaco, al parecer desnudo bajo las sábanas. Eligio vio a su esposa, mordisqueando la manzana, aproximarse al polaco, quien la veía silenciosamente en la cama. Llegó a él, lo miró, se sentó, y, aún mordiendo la manzana, alzó la sábana con lentitud y dejó al aire el pene erecto del polaco, cuyo enorme tamaño hizo que Eligio se asombrara, hijo de la chingada, no es posible, qué poca madre, pensó. Se hallaba paralizado. Conservaba la mano bien adherida a la pistola, pero nada de él se movía, era como si se hubiese congelado allí, como si el tiempo se hubiera comprimido totalmente y sólo transcurriera un movimiento casi imperceptible de llamas silenciosas. Con la boca abierta vio a su mujer, quien, con lentitud, dejó la manzana en el buró y tomó el miembro del polaco; lo acarició con suavidad, morosamente, mientras los ojos se le nublaban. Slawomir se estiró un poco, la tomó de la cabeza y la llevó a que se metiera cuando menos el glande en la boca mientras las manos apretaban la base del pene. Pronto Susana había cerrado los ojos y lamía golosamente, concentrada. Eligio, desde la ventana empañada, se sentía sin fuerza, con la boca reseca, todo se desintegraba en él y al mismo tiempo se comprimía en el sexo con un calor que lo quemaba y a la vez lo congelaba; como si una sombra ardiente, viscosa, se desplomara sobre él, le succionara toda la energía y la concentrara en la erección ya dolorosa. Como en relámpagos pensaba que ver a Susana con el polaco le excitaba hasta derretirlo y dejarlo con la boca desencajada, pálido como cadáver. Su esposa dejó de chupar el miembro y con delectación exhaló un suspiro larguísimo al sentarse en él hasta que sus nalgas redondas se aplastaron sobre los testículos. Susana se alzaba hasta que la verga salía y ella la tomaba para restregarla contra el clítoris y el escroto; después se dejaba caer de golpe para que la vagina engullera la totalidad del falo; repetía este procedimiento con lentitud hasta que la excitación la llevó a removerse y a cabalgar al polaco con fuerza creciente, entre ayes y quejidos. Eligio, desfalleciente, alcanzó a ver que el polaco había cerrado los ojos y parecía impasible, sin moverse en lo más mínimo y sin ver a Susana, y ella, de pronto, desprendió su vagina espumeante para colocarse en cuatro patas y se volvió hacia Slawomir con tal autoridad que él se incorporó y la penetró de golpe por detrás. Susana embatió con fuerza el bajo vientre, ida en el placer, y Eligio se asombraba de verla gozar tanto, vagamente le parecía indecoroso, escandaloso, no recordaba que alguna vez ella hubiera hecho el amor con él con esa intensidad; sin embargo, también se acariciaba el pene con la mano izquierda mientras Susana oscilaba la cabeza en todas direcciones, con los ojos nublados, porque el polaco ahora contribuía con fuertes empellones a las nalgas. Eligio continuaba paralizado sobre los botes de basura, lloraba silenciosamente y, acariciando su propio pene erecto, se maldecía porque a su manera él también participaba en el acto sexual en vez de arremeter contra ellos y dispararles la carga de la pistola que aún tenía en la mano.

Susana abrió los ojos y se dio cuenta claramente de que Eligio la miraba por detrás del vidrio empañado y con una pistola en la mano. En ese momento también el polaco empujó contra ella salvajemente y Susana ahogó un grito y se desmadejó entre convulsiones, con la boca abierta, saliveante, los ojos totalmente blancos. Eligio apenas reparó en que la mirada que le dedicó Susana había sido la más terrible, un destello de luz neutra, sin coloración, que penetró sin obstrucciones hasta lo más profundo de él como si Eligio sólo fuera una extensión de ella, ambos una célula que vibraba con tal fuerza que acabaría estallando. Apenas pudo darse cuenta de que había perdido el equilibrio y estaba a punto de caer; trató de sujetarse como pudo pero no lo logró y cayó pesadamente, de espaldas, sobre la nieve, entre platillazos de los botes de basura.

Se puso en pie de un salto y fue a la puerta que llevaba al interior del albergue. Estaba cerrada. Eligio forcejeó con ella unos instantes, pero comprendió lo inútil de todo eso y echó a correr por el callejón. Llegó a la calle, encontró la entrada del edificio, atravesó el lobby a toda velocidad, llegó al pasillo, rebasó la puerta del checo y del húngaro y se lanzó a la siguiente. Estaba abierta y eso lo desconcertó momentáneamente. Ya estaba dentro, con la pistola en la mano. Susana de pie junto a la cama, desnuda, lo mira como al ángel exterminador. El polaco seguía en la cama, había encendido un cigarro y veía a Eligio con ojos oscurísimos que parecían aceite espeso, estancado. Eligio estuvo a punto de soltar toda la carga de la pistola sobre esos ojos pero se contuvo y se abalanzó sobre el polaco, como en un relámpago pensó que era absurdo irrumpir allí entre esa pareja extraña y desnuda mientras él estaba cubierto de nieve hasta la nariz; pero ya descargaba la cacha de la pistola con fuerza sobre la cabeza del polaco, que se abrió al instante y manó sangre abundantemente. El polaco seguía mirándolo con los ojos vacíos, sin ninguna exclamación de dolor; su mirada era tan ausente que Eligio titubeó unos instantes, con el arma en lo alto. En ese momento Susana fue a él y trató de quitarle la pistola. Eligio la hizo a un lado con ferocidad y volvió a descargar la cacha sobre el polaco, quien siguió sin quejarse cuando otro estallido de sangre brotó en la frente de grandes entradas. Eligio pensó que en ese momento se rompía un inmenso cristal que hermetizaba todo y pudo escuchar al fin que Susana chillaba *¡déjalo, mi amor, déjalo, no lo vayas a matar!* Eligio se volvió a Susana, desconcertado en lo más hondo porque todo resultaba como jamás lo hubiera imaginado, definitivamente no era como debía de ser. Sintió un odio vivísimo hacia Susana y, con todas sus fuerzas, la hizo a un lado y después se volvió hacia el polaco gritándole ¡lárgate de aquí, lárgate, hijo de perra! El polaco se llevó las manos a la herida, miró nuevamente a Eligio con sus ojos sin final y lentamente se puso en pie, un poco trastabillante, mientras Eligio chillaba ¡dile que se largue, Susana, dile que se vaya! El polaco se echó encima una bata y salió al pasillo cerrando la puerta de un golpazo, quizá porque había gente allí y no quiso que nadie se asomara hacia dentro.

Susana se había sentado en el borde de la cama, con la expresión más dura y tensa que Eligio le había visto jamás. Él no supo qué hacer, estuvo a punto de soltarse a llorar desesperadamente como antes, en el lago, pero logró contenerse y se dio cuenta de que su voz era chillante, hiriente, áspera, al decir, ¡vístete inmediatamente porque nos vamos de aquí! Susana no pareció escucharlo, sólo continuó mirando la pared, con el rostro descompuesto. ¡Te estoy diciendo que te vistas porque ahora mismo nos largamos!, ¿no oíste? Susana finalmente alzó la cabeza, como si reparara en Eligio por primera vez, y él se sorprendió al advertir que la voz de ella era hueca y le decía no, no, no me voy contigo. Eligio sintió que sus piernas flaqueaban, si no hacía algo iba a acabar desmayándose. ¡Cómo que no vienes!, gritó, blandiendo la pistola, ¡tú te vistes y te vienes conmigo! No voy, reiteró Susana, con la voz helada. Eligio la tomó de los cabellos y la tironeó, ¡pendeja!, le decía, ¡eres una pendeja! ¡Yo soy tu marido, y te vienes conmigo, pero ya! Tú no eres mi marido, replicó Susana con la voz muy fría, tú eres un hombre que no conozco, ¡no te conozco!, exclamó finalmente. Eligio la zarandeó, con fuerza, y después la arrojó a la cama. Febrilmente tomó la maleta de Susana y empezó a echar en ella todo lo que veía, sin fijarse. Se hallaba a punto de llorar a grito pelado o de tirarse a dormir para siempre o de balear a su esposa, pero en vez de eso le arrojó la ropa que encontró sobre una silla, ¡vístete, vístete por lo que más quieras!, le gritó, pero su voz era suplicante. Luchaba contra la necesidad de tirarse a los pies de Susana, de lamerle los dedos, de arroparla y llevarla a la cama.

BAILANDO EN LA OSCURIDAD

Buenas noches, saludó Ismael, oye, qué oscuro está por aquí, ¿y Narciso?, preguntó la bella joven rubia que abrió la puerta. Veníamos juntos y ya estábamos a punto de llegar cuando le hablaron por teléfono. Tuvo que regresarse, pero después nos alcanza, explicó Ismael ya dentro, aspirando con agrado el perfume de la muchacha. ¿Tú crees que sea hoy en la noche?, preguntó ella al tomar estrechamente el brazo de Ismael. Para estas alturas, respondió él, electrizado por el contacto del seno de la joven, todo es posible. Pero, mira, no hemos parado de hablar de eso.

En la estancia varias parejas bailaban y otras conversaban y bebían en los sillones. Ismael saludó a todos y mientras bebía la primera copa informó a los demás lo que había ocurrido con Narciso. Todos querían saber si esa noche sería el nombramiento. Mientras hablaban, otra de las muchachas abrió un pequeño cofre de oro, lleno hasta los bordes de cocaína. Tomó una cucharita de plata y la ofreció a Ismael, quien se volvió hacia los demás. Llégale, llégale, le dijeron, nosotros ya estamos bien servidos. Es excelente, comentó otro. Ismael sabía que las mujeres eran de confianza total; si no, Narciso jamás las habría elegido. Tomó la cucharita y aspiró con fuerza varias veces con ambas fosas: esto le irritó las membranas y le humedeció la nariz, pero también le inyectó energía, brillantez y una euforia incomparable. Todos los demás aspiraban el polvo, se hacían bromas y reían.

La rubia lo invitó a bailar. Ismael ardió de placer al enlazarla; era una delicia insoportable sentir los senos incrustados en el pecho, la delicada dureza del pubis oscilando contra la verga que se erguía. La pareja que bailaba junto a ellos les pasó un cigarro de mariguana; potentísima, calificó Ismael al fumar con intensidad hasta sentir que el tacto y la música se encendían.

¿Qué tal si apagamos la luz?, dijo una de las mujeres, con aire travieso, y sin esperar respuesta desconectó el apagador general de las luces. La oscuridad que sobrevino fue fulminante. Sin pensarlo todos se quedaron quietos, alertas durante unos segundos. La música emergió con fuerza. Un par de cigarros que se encendieron fugazmente formaron luminosos nichos encarnados que flotaban en la negrura. La rubia se removió contra Ismael, le besó el lado derecho del cuello y lo indujo a seguir bailando. Ismael la estrechó y untuosamente le acarició las nalgas.

Más tarde, Ismael distinguía contornos y diversos niveles de profundidad en la oscuridad. Casi veía a los hombres, altos políticos todos, y a las muchachas: eran tan bellas y suculentas que Ismael pensaba que eran hermanas, peligrosas y deliciosas princesas de las mil y una noches. Y, después, quizá la borrachera iluminó la casa, pues Ismael cada vez tropezaba menos y se desplazaba con seguridad. Bailaba, bebía, aspiraba coca, conversaba entre carcajadas y acabó como todos en torno a la mesa; allí compartieron un polvo blancuzco, compacto, casi pasta, que refulgía en la oscuridad; lo lengüetearon primero y se untaron un poco en la frente, las aletas de la nariz y en el sexo. Ismael se preguntó qué demonios era eso: experimentaba una euforia ilimitada, ardor y ebullición por dentro, mucha fuerza y deseo, ríos de aceites luminosos que corrían en él. Siguieron las rondas de cocaína, alcohol y mariguana; bailaban en la oscuridad, se restregaban, se musitaban al oído, se acariciaban vorazmente. Ismael no sabía a quién tocaba, y bailó con todas, con todos los que estaban allí. No le importaba si Narciso llegaba o no, si era el elegido, si había otra forma de vida más allá de esa oscuridad, más allá de los placeres en que se hallaba suspendido, siempre a punto de estallar pero a la vez bajo un control finísimo; bebía la oscuridad húmeda, enervante; se perdía en la delicia de los senos, muslos, nalgas, los pubis insondables como la noche que su verga acometía con un feroz impulso ciego; Ismael no dejaba de reír, de hablar, con pausas sólo para fortalecerse y extender las sensaciones con tragos de vino espeso, con fumadas lentas y quemantes, con nuevas inhalaciones de cocaína. En el delirio de las cogidas interminables oía carcajadas, botellas que se estrellaban en el piso, golpes y gritos, música estridente, ráfagas de voces, quejidos, suspiros, oleadas de perfumes, semen, alcohol, humo; y de súbito, cuando movía el pubis con brío, Ismael pensó que en esa fiesta había mucha gente, era un orgión, por todas partes tropezaba con trozos de carne húmeda y caliente, y tocaba, acariciaba con toda la mano y el cuerpo entero, pensaba que nunca antes había llegado a semejante exaltación, éxtasis y delirio; todo se estremecía en torno a él, la oscuridad no existía o no lo afectaba para nada, nunca supo en qué momento pudo ver, veía la sala con nitidez, si acaso con algunos altos contrastes y estremecimientos porque estaba bizco, tenía los ojos definitivamente estrábicos, veía doble mas con una nitidez incomparable, pero eso no le interesaba, sólo quería despeñarse en ese placer que le extinguía el pensamiento, que borraba su identidad; no dejaba de hablar y hablar, de perorar escandalosamente, en relámpagos pensaba que en cualquier momento saldría desnudo a la calle y le aullaría a la luna. Tenía que hacer algo. Sacó el miembro del ano en que se había alojado, un impulso invencible lo llevó a salir de la sala. El piso se movía bajo sus pies e Ismael tuvo que sostenerse en la pared del pasillo, donde advirtió una ráfaga helada que a él le pareció fresca. Todo se había oscurecido nuevamente pero no le importaba. Sin darse cuenta de que trastabillaba y de que tenía que avanzar sosteniéndose en la pared, caminó tentaleando, hasta que encontró una puerta; la abrió y se descubrió en un baño. ¿Y yo qué diablos vine a hacer aquí?, se preguntó con una sonrisa congelada, espumosa. De pronto cayó de rodillas junto a la taza del inodoro, lo abrazó y procedió a vomitar una evacuación que le pareció riquísima, orgásmica, interminable, nunca imaginó que el vómito pudiera ser tan placentero, qué maravilla, pensaba.

Despertó. Se había quedado dormido en ese baño oscuro y helado. Se levantó dificultosamente. La oscuridad era total e Ismael no veía nada. Cada vez hacía más frío. La música se había detenido y de hecho no escuchaba nada. Ignoraba cuánto tiempo había transcurrido mientras él yacía abrazado al inodoro, impregnado de su vómito, ahora insoportable. Silencio total. Ismael cada vez veía menos; la cabeza le dolía pero aún conservaba mucha energía. Había que ir a la sala y seguir la fiesta. Pero ahora todo se hallaba en silencio, no parecía haber nadie. Con las manos bien pegadas a la pared avanzó por el pasillo, que le pareció más largo de lo normal, ¿cómo no lo advirtió antes? Tropezó con un bulto y tuvo un sobresalto fulminante. Lo que semejaba bulto se hallaba junto a una especie de ventana. Se acercó, comprendiendo que su cuerpo, ahora horrorizado, se había contraído y se rehusaba a moverse. Pero de cualquier manera se acercó. No tenía miedo. Y sí: era una ventana, pero tras ella no había nada, la oscuridad eran tan cerrada afuera como adentro, y el frío sobrecogía. Vagos perfiles querían formarse a lo lejos. De pronto una presencia se hizo tangible y el cuerpo de Ismael de nuevo se paralizó. Él no tenía miedo, pero su cuerpo sí. Afiló la vista, estiró las manos. No había nada, ni siquiera el bulto que creyó percibir desde un principio. Pero Ismael temblaba. No pensaba en el frío y por eso casi no lo sentía, pero allí estaba, cada vez más fuerte. Era el momento de tomar varios coñacs. Se fue de allí lo más rápido que pudo, con las piernas tiesas y las manos en la pared para no chocar.

A tientas llegó a la mesa y tomó la primera botella que encontró; bebió un largo trago para calentarse. Aún era muy fuerte el olor de alcohol, tabaco y sexo. Pero no había nadie. ¿A dónde se habían ido las hermanitas? ¿Y sus amigos? Ismael pensó que quizás estuvo dormido mucho tiempo en el baño y todos se fueron. O le jugaban una broma. ¿O era una prueba? Volvió a beber. El cuerpo desanudó la tensión, pero no del todo. Como no veía nada, avanzó a tientas en busca del apagador general de la luz. Una pesadez metálica le aplastaba la cabeza, a la altura de las sienes, y su frente ardía, se consumía. Quería encontrar la puerta y largarse de allí lo más pronto posible. La oscuridad lo desquiciaba. Sin embargo, con una lentitud que lo exasperaba, llegó de nuevo al pasillo. Por aquí debe de estar la salida, pensó.

… Caminaba muy despacio por el pasillo: le sudaban las manos, las axilas. Iba con mucho cuidado, paso a paso. El frío era insoportable nuevamente. Gotas de sudor resbalaban por sus costados con una consistencia helada, quemante, que le erizó la piel. Siguió hasta lo que supuso la mitad del pasillo. Ahora veía menos, era como si con el paso del tiempo cayeran nuevas capas de oscuridad que adensaban las ya existentes. De pronto la adrenalina del cuerpo se desplomó de golpe cuando Ismael percibió una protuberancia aún más negra que resaltaba en la oscuridad. Chocó con algo y pegó un salto, alarmado. Estaba junto a la ventana. Afuera y adentro: la misma oscuridad cerrada, irrespirable, que crujía como rama vieja; el aire se había vuelto fina arena seca que se desmoronaba incesantemente en silenciosos deslaves.

Quiso ver hacia afuera. Concentró la vista y después de unos instantes le pareció distinguir un debilísimo fulgor blanquecino, quizás el primer, delicado, atisbo del alba. Todo su espíritu se agitó, se llenó de dolorosas añoranzas del amanecer, del día, y creyó ver siluetas desdibujadas de copas de árboles a lo lejos, pero, cuando parpadeaba, todo volvía a una negrura de planos imprecisables. La oscuridad lo enloquecía, no comprendía cómo, momentos antes, había podido desplazarse en ella sin dificultad. Contuvo la respiración. Junto a él se hallaba algo poderoso, y sin pensarlo retrocedió unos pasos, con los ojos febriles perdidos en la negrura. Allí estaba el bulto otra vez. Lo sintió con toda su contundencia. Se concentró un poco más y sí, la pudo ver: era otra mujer, o quizás una de las hermanas, ¿cómo saberlo?: estaba sentada, inmóvil, en una silla junto a la ventana. Un destello mínimo, apenas perceptible, apareció en el rostro: era una mujer bellísima, severa; lo quemó la emoción de poder ver, después de horas interminables, un rostro, y tan hermoso además. La inmovilidad era total: tenía los ojos abiertos, duros, fijos en él, esa mirada transmitía la inmovilidad, lo hacía sentir cada vez más pesado, quería moverse pero no podía, quedó paralizado con las manos adheridas a la pared, suspendido en el pasillo negro, la piel se endurecía, las facciones le dolían al solidificarse, pero lo peor era el frío mortal que entraba a través de los ojos de la mujer, Ismael le ordenaba a su cuerpo que rompiera la inmovilidad, tenía que vencer el sojuzgamiento de esa mirada, pero ningún músculo obedecía, su cuerpo se congelaba progresivamente; de súbito Ismael sintió un latigazo de sed y comprendió que luchaba por su propia vida. Se hallaba a punto de morir, de la muerte eran esos paisajes desoladores, ¿quién, si no, podía ser esa bellísima, terrible mujer? Gritó con toda su desesperación, y tardó en advertir que su voz no salía y que en su interior las palabras resonaban como chasquido: ¡Alguien tiene que ayudarme! ¡Alguien tiene que convencerla de que ya no me mire más! ¡Me está matando! ¡Me muero! ¡Me muero!

Despertó. El chofer de Narciso, excitadísimo, lo zarandeaba y le gritaba. Estaba en la sala de la fiesta y no había nadie aparte de ellos dos. Ismael tenía frío, un dolor de cabeza reseco lo aplastaba y la sed le devastaba la garganta. Se estiró hacia una de las botellas y bebió desesperadamente. Hasta entonces escuchó lo que el chofer repetía y repetía: habían nombrado a Narciso, sin lugar a dudas sería el próximo presidente de la República. ¿De veras?, casi rugió Ismael, ¡ya la hicimos! ¡Y lo mandaba llamar! Ahora todo se le abriría, podía aspirar a lo más alto, a lo más alto. Ismael casi gritó de júbilo cuando vio sobre la mesa el cofrecito lleno de cocaína. Justo lo que necesitaba para estar a la altura de las circunstancias. Con la cucharita de plata aspiró repetidas veces. Así. Exacto. Otro poco. Más. Más. Aspiró hasta que los ojos literalmente se le abrieron y la vida le entró con furia a través de la mirada. Ah. Perfecto. La sangre corría de nuevo por su cuerpo e Ismael comprendió que tenía que bañarse, afeitarse, felicitar a su jefe y disponerse a administrar la riqueza.

TRANSPORTARÁN UN CADÁVER POR EXPRÉS

Gimme shelter, I'm goin' to fade away

MICK JAGGER Y KEITH RICHARDS

¿Quién apagó la luz? El mismo que abrió las malditas compuertas, el responsable de este anegamiento de imágenes rotundas con su luminosidad de filo de navaja, el que determinó el experimento: quedarse encerrado sin comer; sin moverse de la cama, bolsas viscosas de cemento para pegar en todas partes, como preservativos desechados, el avión del chemo bien arriba, creciendo como los pelos de su barba erizada, como la mugre y la pestilencia en todo el cuerpo; días cambiantes, rayas sólidas de oscuridad que reptaban en las paredes, qué fantástica pantalla esa pared: todo un espejo. De noche el espejo no reflejaba; del otro lado debía de estar el mundo que llamaban real, porque Ángel se hallaba en un páramo espinoso, tierras secas y rasgadas por infinitas erosiones. Un día el cemento se acabó, el hambre se volvió invencible y él tuvo que salir.

Tuvo la pésima idea de recurrir a un amigo. Le pidió dinero prestado, ¿de veras no has comido *nada*? ¿Qué estaba diciendo ese tarado? ¿Y por qué, a esas horas, la gente disminuía la luz hasta hacerla casi inservible? Vente, le decía el amigo, y Ángel le veía líneas como trazadas por carbones, como esos absurdos deportistas que se rayan los pómulos; en mi casa te doy de comer hasta que te atragantes. Ángel descubría en él, y le gustaba, una intolerancia que lo quemaba, la necesidad torturante y placentera de triturar pieles, huesos, de chapotear en sangre. Su rostro se había ensombrecido, la rendija de luz en sus ojos era mortecina, y él, otra vez, comenzaba a consumirse en una autocombustión de la que antes había oído hablar sin entender absolutamente nada. En su boca se había formado una espesa masa salivosa, como una yema gris, y se descubrió escupiéndola en la cara de su amigo. ¡Qué gusto le dio! Un vigor extraño lo obligaba a marchar a grandes zancadas, atrás quedaba el rostro anonadado en el ventanal, y ya era de noche, ¡qué oscuro está esto!

Llegó a la casa de huéspedes a pesar de que había caminado sin rumbo, ardiendo, incendiándose, todo el cuerpo un trozo de tierra seca que se desmorona. Jadeaba y sudaba, se regodeaba sintiendo con tanta nitidez los latidos de su corazón y los acomodamientos del agua en su estómago; aquello, su pinche panza, se había convertido en algo informe.

...Corría por un monte muy muy alto, resbaloso, en la noche; iba a la cumbre hacia la luna que se había estacionado: todo era resbaloso allí, y frío, húmedo; se trataba de una pendiente de tierra casi mojada, y la luna en realidad era una boca que sonreía, pero después, mucho después, los labios de la boca giraban, quedaban verticales y eran una vagina: los labios se abrían, chasqueaban; había dientes allá dentro, aceite espeso.

Despertó sobresaltado. Había jurado que la luna lo devoraría machacándolo hasta convertirlo en una pasta amorfa, yema gris, pulpa miserable. Vio la oscuridad del cuarto, y sí: la aridez y la humedad se habían trasladado allí. Qué dolorosa realidad: despertar en otro sueño... No, en realidad se trataba de la proximidad de algo..., pero qué. La inminencia. Se puso de pie de un salto y de pronto ya estaba en la calle.

Eran las diez de la noche. En su mente se entreveraban varios cauces de murmullos; de todos ellos en ocasiones destacaba una voz que decía algo muy importante. Ajajá. Anunciaba, nada menos, aquello que estaba tan próximo. Pero cuando Ángel aguzaba el oído, la voz se ocultaba entre las demás, un mercado bajo el sol calcinante, el crujido seco de algo que no tarda en desplomarse. Se hallaba en el centro, como atestiguaban los faroles y marquesinas; había llovido y las calles eran un espejo del estrépito de luminosidades que impedían leer bien el mensaje. Ángel se detuvo ante un espejo que lo mostraba, y rio al verse. Era una verdadera porquería. Pero de eso se trataba, ¿no? ¡Claro que sí!

El aire había entrado en él; una ráfaga llenó a tal punto sus pulmones que Ángel sintió como si hubiera dormido tres días enteros, como si hubiese comido hasta saciarse. Allí estaban, nítidos, los restoranes, los autos, la gente. Era como si él hubiera salido de un agujero viscoso y de pronto recuperara los niveles de su piel, la primera fila del espectáculo. Demasiado movimiento, toda esa gente se desplazaba a la velocidad de los focos intermitentes de los anuncios. Tres muchachas entraron en el campo de su visión; eran tres adolescentes muy morenas, de pelo lacio y recogido, de cuerpos menudos pero bien formados, los pantalones les caían bien a las mexicanas, las tres ostentaban sus deliciosas nalguitas redondas, bien estirada la mezclilla. Ángel casi rio al ver que aquel viejo compañero aletargado rompía su invernar, era notable la fuerza con que su miembro se había erguido, ansioso, y a Ángel le pareció muy apropiado caminar por las calles luminosas, guiños prefabricados, con la verga bien erecta, mientras de nuevo todo se desvanecía en su contorno.

Parpadeó y recuperó el foco. Se hallaba frente a un hotel: la sala de espera se veía perfectamente a través de los inmensos cristales. De una escalinata, en el fondo del fondo, Ángel vio avanzar una visión que le quitó el aliento;

sus vellos se erizaron y el pene se estiró aún más, como si él también quisiera ver. Era la mujer más maravillosa que podía existir, cabellos largos en cascada, un vestido largo de tela estridente se adhería al cuerpo que avanzaba con rapidez, peligrosamente; iba tan rápido que seguramente acabaría estrellándose. El pene se estiraba con espasmos dolorosos. La mujer se aproximaba, seguida ahora por un hombre bien vestido; los dos discutían a la mitad del lobby, y Ángel veía que en realidad el vestido de tela brillante, claro, estaba pintado hábilmente en el cuerpo de la mujer, ¿no veía ya, con toda claridad, los pequeños montículos de los pezones, con todo y areolas de surcos suaves?, ¿y la verde espuma del pubis?, ¿y la curvatura alucinante, también verde, de las nalgas? Esa pareja más bien reñía, Ángel casi podía oír las voces que se lastimaban, pero no: no oía nada, sólo existían los senos maduros y llenos, que se estremecían con toda su dureza porque ella hablaba con todo el cuerpo, el cuerpo era una voz que envolvía y succionaba la fuerza de Ángel, qué maravilla perecer en esos senos todopoderosos, vaciarse por completo, derretirse; el dolor que sentía en el pene era intolerable, y Ángel luchaba por no contraerse, sobre todo en ese momento en que la mujer avanzaba al parecer hacia él, nuevamente con una fuerza ciega, peligrosísima; el hombre la había seguido y la sujetó del brazo, ella se desprendió con fuerza y Ángel pudo oír con perfecta claridad: no te imaginas de lo que soy capaz. Ángel rio, y la risa lo hizo estremecerse: la mujer había propinado un terrible rodillazo en el sexo del hombre, quien, como se hallaba un escalón más arriba, fue blanco fácil; el hombre se dobló, gimiendo, y ella continuó su camino con rapidez, dueña del mundo en su ira estruendosa que la llevaba directamente hacia Ángel. Antes de que él pudiera abrir los brazos para recibirla, para morir en ella, los dos chocaron, cayeron en el suelo, todos los sonidos se suspendieron y él sentía encima un cuerpo exquisito, la carne dura y muelle. Ángel vio momentáneamente que en el rostro de ella, que parecía una máscara, se agolpaba un alud de impresiones: la percepción del sudor, la mugre, el aliento pestilente, pero también del cilindro durísimo en la zona del bajo vientre. Los ojos de la mujer lagrimearon y Ángel creyó ver un destello que se expandía como fuego de artificio. Aún encima de él la mujer se volvió hacia atrás para ver al hombre que seguía contraído en los escalones; después miró a Ángel y lo estudió con detenimiento, con una frialdad sobrecogedora, y osciló las caderas morosamente. Ángel desfallecía, envuelto en el aroma de perfume fino y alcohol, y casi se le detuvo el corazón cuando advirtió que una mano de ella lo sujetaba.

Ese automóvil era una delicia; la penumbra incluso se abría hasta el mismísimo firmamento y las lucecitas del tablero eran, claro, constelaciones que formaban un gran signo de interrogación. La suavidad de los asientos, el aroma subyugante y la música eran sólo un anticipo. En momentos Ángel miraba a la mujer; los ojos de ella se hundían en la negrura, parecían un largo colmillo de agua congelada. Estaba borrachísima y a la vez muy sobria, y emitía frases tan inconexas como las ráfagas de luces que se sucedían vertiginosamente sobre los asientos. ¿Cómo te llamas?, preguntó Ángel, y su voz tuvo que sortear una infinidad de recodos para salir a la superficie; en ese momento Ángel era algo pequeñísimo, minúsculo, suspendido en el firmamento, activado por fuerzas desconocidas, a merced de las grandes explosiones, te voy a llevar a mi departamento, decía ella, y podrás hacerme lo que quieras, ¿te parece poco?, así es que te callas y sólo hablas cuando yo te diga.

Llegaron a un edificio lujoso, y la luz plena del elevador hizo que Ángel regresara a la superficie; de nuevo se maravilló ante la belleza, más bien: la grandeza, de la mujer, pero ella se había despeñado en un silencio sombrío, ¿cómo entonces una mano firme y delgada tocaba con fuerza el pene de Ángel, que al solo contacto se estremeció vivamente, como si le hubieran inyectado un chorro de vida? Ángel se incendiaba, se consumía. Ya se había pegado a los senos de la mujer, y una voz perturbadoramente tranquila en su interior se preguntaba en qué momento Ángel saltó hacia ella y le abrió el vestido, esos senos sublimes lo iban a hacer llorar... La mujer lo dejó hacer, pasiva, y sólo desplomó la cabeza, los cabellos como una cortina de luz.

El elevador se detuvo. La mujer ni siquiera se cubrió el pecho y condujo a Ángel a un pequeño departamento de muebles suntuosos. Él languidecía viendo los pechos desnudos de la mujer, quien bebió largamente, a pico de botella. No se le iba la imagen de un perro que, cuando una perra está en celo, enloquecía irremediablemente, no reconocía a nadie, no comía, no toleraba presencias cerca y sólo pensaba en penetrarla una y otra vez, y después aullaba lastimeramente cuando ella, masacrada, se sentaba. Noches de aullidos agónicos. Ángel quería seguir chupando ávidamente los senos desnudos. Quítate, ordenó ella, secamente, apartándolo. Desnúdate y te metes en la cama. Yo voy al baño y regreso.

En la recámara, Ángel encendió la luz y la apagó al instante. Se quitó la ropa con rapidez, estremeciéndose por el frío, y se acostó entre las heladas sábanas de seda, que le parecieron mortaja. Olisqueó su axila y tuvo que cerrar los ojos, abatido, con imágenes relampagueantes de grietas que se abrían en la tierra seca. Pero olvidó su propia pestilencia al manipular, con lentitud, su pene desmesuradamente erecto. Le dio risa. Jamás había visto tal energía en el viejo amigo, te vas a agasajar, le decía. La mujer seguía en el baño; la escuchaba ir de un lado a otro, corría la puerta de la regadera, abría el botiquín o algún gabinete, chorros de agua se estrellaban ruidosamente en las paredes del lavabo. Mascullaba frases, vaya uno a saber qué demonios hacía. En ocasiones reía con fuerza. Se había llevado el coñac al baño, y a Ángel le parecía verla, como si no hubiera pared, bebiendo larga, ininterrumpidamente, a pico de botella o, si no entre el ruido interminable del agua que caía, la escuchaba dar pequeños grititos, sollozar, gruñir. Más ruidos. Se había caído en el baño, ¡no se vaya a quedar dormida!, pensó Ángel oprimiéndose el miembro hasta hacerlo enrojecer.

Finalmente ella regresó, con el ruido de las llaves del agua que dejó abiertas como telón de fondo. Estaba desnuda, insoportablemente apetecible, más borracha que nunca, la botella pendiendo de su mano. Bizqueó, tratando de enfocar, y avanzó pesadamente, trastabillando. Se dejó caer de rodillas frente a la cama. Dios mío, cómo apestas, dijo, y se metió bajo las sábanas. Hazme un orgasmo rápido, lo más pronto que puedas, tengo que venirme, le pidió. Tenía los ojos idos, vidriosos; los labios secos y entreabiertos. Ángel subió en ella y trató de penetrarla, pero se detuvo porque la mujer estaba completamente seca. Apagó un gruñido de exasperación, se colocó en cuatro patas frente al sexo de ella y procedió a lamerlo con un apremio incontrolable. Casi no tenía saliva pero humedeció un poco la vagina; en ella puso, nerviosamente, su miembro, y con esfuerzos lo introdujo hasta el tope, luchando contra la marea desfalleciente que casi lo hacía perder el conocimiento. Jamás había experimentado

113

tal urgencia, e incluso tuvo la imagen de su pene eyaculando sangre. El aroma de perfume y alcohol lo exacerbaba, y procedió a embatir furiosamente, sin preocuparse por la molestia que sentía a causa de la escasa lubricación. Desesperadamente introducía la lengua en la boca reseca de la mujer, mordisqueaba los pezones, oprimía las nalgas, y por último se dejó caer sobre ella para eternizar la sensación de que su pene había llegado a los mismísimos pliegues de la noche; ya no sentía el contacto, había introducido el miembro en una nada oscura, finalmente húmeda, de hecho chasqueante, que no terminaba porque no principiaba; sólo en la base del pene sentía que la boca vaginal se adhería, lo sujetaba con firmeza, pero, más allá de eso, era copular con lo intangible, lo impreciso, y, a la vez, en un reducto hermético y efervescente. La mujer se movía con desorden, mediante contracciones violentas, inconexas, sin ritmo, qué borracha está, ya no puede, pensaba Ángel; ella oscilaba la cabeza de un lado al otro con tanta fuerza que se desnucaría en cualquier momento; le hundía las uñas en la espalda y los talones en las caderas, y de pronto emitió una especie de ronquidos que se convirtieron en sonidos guturales, roncos, como de gato hambriento, y poco a poco se fue relajando hasta que se quedó quieta, con los ojos entreabiertos y apagados. Ángel, que se movía encima de ella con furia, se exasperó al ver que la mujer interrumpía sus movimientos, por ebrios e inconexos que fueran, y tuvo que ahogar el deseo de

desfigurarle el rostro a bofetadas. Arremetió contra ella,
con el máximo de su fuerza, y en su interior surgió la pequeña cabeza iridiscente de una serpiente que miraba en
su derredor y crecía, se expandía, se convertía en una masa compacta que llenaba los testículos y el pene de Ángel
con un tumulto sordo, piedras que se arrastran, viento
que desgaja, el punto que era él estalló en infinitas partículas luminosas mientras yacía encima de ella y sólo su
cadera se sacudía con espasmos autónomos, desarticula-
dos, que desgranaban nuevas emanaciones de ese placer
doloroso, insoportable, como jamás había experimentado
antes. Ahora la cabeza de Ángel se erguía de golpe y oscilaba con lentitud, como péndulo reblandecido. El
orgasmo fue extinguiéndose, y Ángel se descubrió cómo-
damente instalado en el cuerpo maduro de esa mujer, que
continuaba ida. Nada de eso preocupaba a Ángel y pasó
su lengua delectante, morosamente, sobre los senos,
mientras una de sus manos recorría, con apremio creciente, el cuerpo donde se hallaba maravillosamente ubicado.

Algo lo hizo detener lo que para entonces era una suc-
ción de los pezones. Ángel miró el rostro de la mujer y en
ese momento supo, con una convicción exacta, irrebati-
ble, que el corazón no latía. La erección decreció al instante y Ángel se desprendió del cuerpo de la mujer con
un salto inverosímil.

Ella parecía sepultada en el sueño profundísimo de la
máxima ebriedad. ¿Qué ruido es ése?, se preguntó Ángel,

erizado por la sensación de pánico, y corrió al baño, donde súbitamente fue consciente de que cerraba las llaves de agua. El lavabo se había anegado y una cortinilla de agua caía en el mosaico. Ángel se jaló los cabellos hasta que le brotaron lágrimas y después se dio un par de topes fuertísimos en la pared. Supo entonces que estaba desnudo y que miraba fijamente varios frascos vacíos de medicinas que se hallaban en el lavabo. Comprendió entonces que esa mujer se había suicidado y había elegido morir cogiendo con él.

Regresó a la recámara, sintiéndose extrañamente lúcido, nervioso y alerta, una gota cae, una sensación plácida, delectante, en el pene y los testículos, y a la vez la presión del deseo insatisfecho. Nuevamente vio el cuerpo bocarriba, desnudo, aún cálido y con el sexo goteante; el rostro, bellísimo, inerte sobre la almohada. Qué hermosa era. Aun muerta era incomparable. No supo cuánto tiempo había transcurrido, se hallaba suspendido más allá de cualquier cosa y contemplaba ese cadáver alucinante. En el fondo de su mente despuntaba la idea de que había que hacer algo, pero ignoraba qué. Finalmente el impulso de su cuerpo lo condujo a vestirse con rapidez y largarse de allí cuanto antes.

Cuando se dirigía a la puerta alcanzó a ver la cocina, y su cuerpo se detuvo. Tenía que comer algo, cualquier cosa, y después se iría de allí. Ya se encontraba en la cocina comiendo un tosco sándwich de queso que pesaba terri-

blemente en su boca, era algo tan seco que lo iba a asfi-
xiar, y no dudó en tomar la botella de vino que vio en el
refrigerador. El vino lo calentó, lo hizo sudar y pensar
qué era más delicioso: ¿el vino o el cuerpo de la mujer?
Comprendía que en verdad había placeres cuya exquisitez
estaba más allá de toda descripción. Su pene nuevamente
se había erguido, y Ángel sonrió, rio quedamente, y dio
un leve manotazo cómplice al miembro, que alzaba la tela
del pantalón.

Se había instalado en un sofá de tela acariciante. Su piel
se había sensibilizado hasta lo imposible e intermitente-
mente experimentaba desbordamientos lentos y voluptuo-
sos de placer. Comiendo aún el sándwich con mordiscos
pequeñísimos, y con la botella de vino en la mano, se puso en pie y se asomó en la recámara. Allá seguía la mujer,
tendida, bocarriba, los senos duros y erguidos, el follaje
del vello púbico enredado en finos lazos espumeantes.
Ángel pensaba que él no la había matado, ella misma lo
llevó al departamento. No había por qué temer. Comprendía todo con claridad excepcional y no podía sino
sonreír sardónicamente. El tipo aquel que discutía con
ella en el hotel era el marido, que seguramente ignoraba la
existencia de ese departamento, un sitio más o menos secreto para citar a sus amantes. Quién sabe qué horrores
vivían los dos que ella decidió vengarse de él y morir
cogiendo con el más mugroso que encontró; excelente
vino, excelente, le indicó una voz, muy tranquila, en su

interior. Lo más probable es que nadie fuera a ese departamento hasta la mañana siguiente. Tenía tiempo de sobra. No había ido a parar allí en balde. Tenía que aprovechar la oportunidad. En vez de comer queso podía sentarse a cenar en grande en alguno de esos restorantes con mesas al aire libre que había visto poco antes: vino y una carne jugosa con el dinero que seguramente habría por ahí. Y joyas. Regresó a la estancia y se dejó caer en el sofá.

Se descubrió lúcido, con un calorcillo interno y cierta debilidad en las rodillas, pero con el ánimo resuelto. Barrió la estancia con la mirada y vio que no podría llevarse nada de allí, salvo los ceniceros que parecían de plata. Sin embargo, se puso de pie con seguridad, incluso se estiró, y procedió a buscar por todas partes; abrió cajones, puertecitas, revisó estantes y repisas, y también en el fondo de los sillones por si algo se había deslizado hasta ese lugar.

Ya sentía cierta fatiga, especialmente en las rodillas y los pies, que le pesaban. Le estaban entrando unos invencibles deseos de dormir. Regresó a la recámara. El cuerpo de la mujer parecía más pálido; más *frío*, pensó Ángel, aún en el marco de la puerta. Le costaba trabajo entrar. Esa mujer no podía estar muerta, parecía profundamente dormida, intolerablemente hermosa, después de una borrachera descomunal. Era un cuadro muy estético: el cuerpo de la mujer desnudo en las sábanas azul firmamento. Con sólo mirarla la respiración se le enrarecía y sus rodillas se ablandaban. Tuvo que hacer un gran esfuerzo para concentrarse. En el baño, junto a la ropa, encontró el bolso de la mujer. En él había tarjetas de crédito, licencia de manejo, chequera, cosméticos, una pequeña pistola de cachas enjoyadas, pero nada de dinero. Ni un centavo. No podía ser. Ángel guardó en el bolsillo la pequeña pistola y, desconcertado, regresó a la recámara. Tenía mucho sueño. Buscó ansiosamente en los cajones del buró y la cómoda, revisó el clóset pero sólo encontró muchísima ropa fina. Ella no vivía allí y por tanto en ese lugar sólo guardaba tesoros personales, paquetes de papeles y varias cajitas llenas de cartas Y fotografías. Se disponía a leer, entre bostezos, una de las cartas, cuando lo avasalló la desolación, una sensación invencible de debilidad, e incluso creyó que se desplomaría allí mismo, en la alfombra del clóset. Fue a la cama con lentitud porque respiraba dificultosamente, como si al subir a un volcán hubiese consumido la totalidad de sus fuerzas. Apagó la luz de un manotazo, eso era exactamente lo que había que hacer, se dijo, respirando con la boca bien abierta, se sentó en la cama y vio todo opacamente. En esa semioscuridad los filos de las cosas habían obtenido tonos refulgentes que pululaban en la negrura. Toda la fuerza se le había ido y la cabeza le pesaba, le dolía como si algo quisiera estallar en reacciones interminables. Sintió un vértigo y deseos momentáneos, pero muy vivos, de vomitar, pero éstos cedieron y Ángel se descubrió mirando muy de cerca el rostro del cadáver. Los ojos estaban entreabiertos, como la boca, que de tan seca parecía haberse escarchado. Tenía siglos mirándola sin parpadear, de hecho, pensaba, toda su vida había consistido en mirar cara a cara la belleza de ese cadáver. Qué hermosa eres, musitó; sus ojos se humedecieron y esa frescura le relajó los músculos, lo aletargó. ¿Quién apagó la luz?

Cómo puedes ser tan bella, murmuró, y sintió una feliz complacencia al oír su voz entrecortada. Se acercó a ella y besó los labios, que aún despedían un fuerte aliento alcohólico, mezclado ya con algo muy acerbo y penetrante. Se dejó caer junto al cadáver. Como en ráfagas, muy débilmente, pensaba que tenía que descansar unos momentos, unos segundos al menos. De nuevo comprendía que era un punto minúsculo, una lucecita mortecina dentro del universo infinito de su cuerpo. Sintió que la mujer le estaba dando calor, ah, era lo que necesitaba, hasta ese momento comprendía que el frío lo había empequeñecido y laceraba cada milímetro de su piel. Casi a tirones se quitó la ropa y se abrazó al cadáver que, se decía, le transmitía un extraño calorcito tirante, como de chispas secas. Qué bella eres, decía; había trepado encima de ella para que el abrazo fuera lo más completo, qué bella eres, repitió, y sus lágrimas convocaron el advenimiento de una oscuridad que se despeñaba pesadamente, como gajos de barranca que caen en un deslave.

Al Sun

EL LADO OSCURO DE LA LUNA

Unos amigos me invitaron a una fiesta-a-oscuras, que ahora están de moda. Ya sabes: son iguales que todas, sólo que éstas son en total oscuridad: bueno, siempre andan por ahí unas lamparitas para iluminar bebidas, comida, drogas, y por supuesto para lanzar ocasionales haces indiscretos a la gente en pleno desfiguro. Por lo general la música brama a alto volumen, e inevitablemente hay líos inesperados.

Cuando íbamos a entrar me presentaron a un hombre moreno, delgado, ni joven ni viejo, increíblemente recio, que llevaba una camiseta de manga corta. Se llamaba Arturo. Era el dueño de la casa de la fiesta, que, por cierto, venía a ser un bloque negrísimo en la penumbra de la calle. Hasta nosotros llegaba, fuerte y nítida, música de Pink Floyd: *El lado oscuro de la luna. Eclipse.*

Dentro no se veía nada. Nada. Arturo me tomó del brazo con autoridad y me condujo, pero aun así no dejé de tropezar, pisar, empujar a gente que bailaba, caminaba, platicaba, o jadeaba en la oscuridad. Nada se veía. Ocasionales cilindros de intensa luz delgada cruzaban la negrura y revelaban golpes de color, ropas, franjas de carne. Enceguecían aún más. La música hacía vibrar la piel. Arturo me condujo por corredores, cuartos que comunicaban con otros, salones circulares, largos pasillos: en todas partes había gente, risas, chasquidos de vasos, conversaciones entretejidas, y todo junto formaba un zumbido parejo, ilusorio como la capa de humo que parecía flotar en la atmósfera. Al poco rato empecé a distinguir siluetas, bultos en movimiento. Las fricciones con otros cuerpos ocurrían en todo momento y causaban risitas, tentaleos, suspiros. Íbamos de un cuarto a otro, entre capas de oscuridad casi total, sensual, en medio de la música potentísima, entre risas y, con frecuencia, quejidos, o gritos de dolor agudo, carcajadas, incluso detonaciones silenciadas.

De pronto nos hallamos en un pequeño cuarto vacío. Arturo no me había soltado el brazo en ningún momento, y de repente no sé qué pasó, tuve la impresión de que ese lugar estaba vivo, las paredes eran carne cálida, húmeda, palpitante como la mía, al recargarme las caricias me hacían desfallecer, me excitaban como pocas veces en mi vida, se me dificultaba la respiración, y de pronto sentí que me retorcía, no me caí porque Arturo me sostuvo, estaba eyaculando entre oleadas de un placer oscuro, espeso, doloroso, que me hacía contorsionar, pegarme a la pared. Era una eyaculación abundante e interminable, y yo miraba a Arturo, o a la sombra en la oscuridad que debía ser Arturo, y me complacía que él estuviera allí mientras yo eyaculaba portentosamente. Cuando terminó la emisión mi pantalón estaba empapado de semen. Con la mano encontré una tela, parecía colcha, y con ella limpié un poco las manchas. En ese momento Arturo me jaló hacia sí y me abrazó. Sentí que se me iba la vida, la fuerza vital se me escurría, me dejaba desvertebrado. Con jalones me bajó el pantalón, me abrió las piernas y con un solo golpe me introdujo algo duro y enorme, que iluminó la oscuridad como fogonazo, un relámpago que inició un dolor insoportable, que me hizo gritar con todos mis pulmones y macerarme los labios porque Arturo textualmente me partió en dos, el ardor desgarrante de la dilatación de mis entrañas me hizo llorar lágrimas incontenibles entre gritos y aullidos de dolor, en fracciones de segundo perdí el conocimiento, y sólo después, como barco en la tormenta aparecía la conciencia de que experimentaba un calor incendiante enteramente distinto y de que Arturo explotaba en una eyaculación que me inundó, me corrió entre las nalgas y las piernas. Yo ahora veía ráfagas de luces por el dolor, con una extraña aurora de placer, de estupor. Arturo retiró el miembro con tanta rapidez que sentí, como en una especie de cámara lenta, cómo volvían a cerrarse las paredes intestinales; no pude desplomarme en el suelo, como hubiera querido: Arturo me jalaba, a duras penas reacomodé mi ropa mojada, viscosa, y lo seguí, tropezando, adolorido y con la piel tan sensible que cada roce se quedaba reverberando.

Regresamos al fragor de la fiesta, siempre en oscuridad, yo detrás de él presintiendo, vislumbrando a veces, su silueta con adoración. Comprendía que era ridículo, imposible, lo que ocurría, pero no podía hacer nada por evitarlo, y mi conciencia apenas llegaba al pasmo, continuamente eclipsada por olas de dolor y placer. No tenía fuerza y me dejaba llevar en una debilidad caliente. Entramos en un cuarto donde proyectaban una película. La luz de la pantalla me cegó aún más que la oscuridad; allí también estaba lleno de gente y ver las siluetas, recortadas contra la pantalla, me dejó una desoladora sensación de horror. Arturo conversaba con un conocido. Me pasaron una pequeña pastilla. Olía a alcohol, mariguana e incienso. Me sobresalté al ver unos ojos ígneos, terribles, amenazadores, como los que veía el príncipe idiota. Vámonos, le dije a Arturo, pero no me hizo caso. No podía controlar el temor frío que anunciaba una temblorina de todo mi cuerpo pegajoso. Pánico inminente. Vámonos, repetí a Arturo, vámonos a la casa. *Ésta es mi casa*, respondió él, marcando las palabras. Después siguió hablando con sus amigos. Yo, en cambio, me llené de terror. Creí que cualquier movimiento me iba a volver loco. ¡Qué tiempos aquellos!

LA REINA DEL METRO (Y OTROS CUENTOS)

Well, I'm beginning to see the light...

LOU REED

Ay, Jonás, qué ballenota. El sol se ponía, un brillo cansado se resbalaba por los edificios. Los autos de plano no se movían, y yo, detenido en la esquina, tuve una sensación peculiar: todo me era familiar, me hallaba en mi ciudad, aunque ésos no fueran mis rumbos. En realidad, ignoraba dónde me hallaba, sólo sabía que estaba cerca del centro, pero no me importaba. Textualmente, se trataba de un aire conocido, un olor penetrante me llenaba y me hacía esperar ver, entre el gentío, caras viejas, conocidas. Sin embargo, el aplastamiento de autos, los chillidos horrendos de patrullas y ambulancias, era algo nuevo, en especial ese chillar de hiena electrocutada de las patrullas era una puñalada al alma.

Quise regresar al centro, pero no sabía por dónde encaminarme: la cuestión se estaba volviendo un conato de conflicto cuando, del otro lado de las humaredas, vi el gran letrero SAN COSME con su correspondiente flecha hacia abajo. Hacia allá fui. Las inmediaciones de la estación estaban llenas de mínimos puestos de todo tipo de tacos, tortas, tostadas, quesadillas, picadas, licuados, refrescos, mariscos en vaso, y también de infinidad de fruslerías: cables, pilas, eliminadores de baterías, perfumitos, juguetes de plástico, relojes digitales, anillos baratos, cassettes, periódicos e incluso libros.

Yo bajé la escalera en medio de una multitud que en seguida me envolvió, me atrapó y me condujo. Una vez más, pensé, he aquí la historia de mi vida; otra clara muestra de cómo las multitudes diluyen la individualidad: en ese momento, aun si no lo quisiera, ir contra la corriente y regresar era imposible. Vi pasar, rápido, los metafísicos letreros EL LAGO DE LA TRANQUILIDAD ESTÁ EN LA LUNA; pues sí: allí en el subsuelo no estaba. Entré en los salones de luz profusa, brillante, y casi sin advertirlo llegué a las casetas de boletos, a las máquinas de ingreso, donde introduje mi boleto color amarillo y me escupieron al andén. Estaba atestado, al igual que el lado opuesto, un espejo tan certero que esperé verme, de repente, en la otra dirección.

Los carros llegaron y se convirtieron en una gran mancha anaranjada que bufó junto a nosotros para que nos apartáramos, porque, desde que los vio llegar, la gente trató de ganar terreno para entrar primero. La multitud se replegó, impaciente, lista para el asalto. Atrás de mí había varias hileras de gente dispuesta a aplastar a los que estábamos delante. Me volví sorprendido ante la ansiedad de los que me rodeaban: rostros morenos, afilados, sudorosos. Me fulminó una descarga (un resplandor) al darme cuenta de que me había metido en algo de lo que no iba a salir tan fácilmente. Pero no podía pensar: las puertas se abrieron y un tropel salió, empujó la muralla que esperaba afuera; la gente no había, ni remotamente, acabado de salir cuando de atrás me presionaron con fuerza para que avanzara; quise contener la presión pero era inútil, me enfrentaba a una fuerza imbatible, y de pronto me vi en el vagón, en medio de nudos de músculos, pieles, adiposidades, ropas; comprimido entre una espalda voluminosa y las tetas, o más bien: tetillas, de una quinceañera que prefería no mirarme y que apenas podía manifestar su inconformidad ante tanto restregadero frunciendo el entrecejo todo el tiempo. Típica niña de prepa nocturna que por no ir a clases ahora se enfrentaba a los jugos gástricos del metro. Llevaba útiles y libretas, pero no alcanzó a ponerlos como parapeto y quedaron a un lado: ocasionalmente alguna arista se me enterraba en las piernas. La nena me inspiró una gran ternura y traté de olvidar el cuerpecito flaco, pero a fin de cuentas consistente, que se había untado al mío. La chavita quedó emparedada entre mi cuerpo y el de un macuarro de tiempo completo. Quién sabe qué tenía lugar por detrás que la chavita constantemente lo miraba con furia; él, imperturbable, alzaba la vista al techo. El convoy ya había arrancado y nosotros nos bamboleábamos dentro.

Oí una vocecita estentórea de niño que recitaba: ¡buenas-noches-damas-y-caballeros-voy-a-cantarles-una-sentida-canción-comercial-de-mi-terruño-y-mucho-les-agrade-ceré-que-me-ayuden-con-lo-que-puedan-que-ojalá-no-sea-de-a-tiro-muy-poquito-porque-ya-todo-está-imposi-ble-así-es-que-cáiganse-cadáver-con-una-buena-mosca! Y prosiguió cantando «La feria de las flores», que, en boca del niño invisible, me pareció genial, y sonreí: la niña de las tetitas como naranjitas se mordía los labios, preocupada, y Macuarro estudiaba el techo. Nos detuvimos de pronto en pleno túnel y se escuchó un suspiro colectivo de fastidio. Pero el vagón reinició su marcha a los pocos minutos, con un tirón que me devolvió la canción del niño invisible, «laza tu cuaco ya cualquier cuatrero», y la sensación del vientre planito, con todo y lolitesco pubis, de la nena. A nuestro lado se hallaban dos secretarias con aspiraciones ejecutivas: el calor comenzaba a derretir las densas capas de maquillaje fellinesco, que contrastaban con el rostro limpio de la niña de tetitas como dos naranjitas y culito como un quesito, ay qué horror, mana, decía una de las secres, no puedo ni respirar, sí, Ter, si yo te contara, agarra bien tu bolsa, no, si me la quitan es porque me arrancan el brazo, yo traigo mi plancha en la bolsa, como doña Borola. Me dio risa alcanzar a ver, no tan lejos, a un chavo terriblemente sombrío, de ojeras que le llegaban a la barbilla; no quería dejar de leer su revista *Picudas y Chabochonas* y la alzaba con ambos brazos por encima de las cabezas. Ése estaba más allá del más allá. ¡La nenita me empujaba con su ralo pubis! ¡No podía ser! Seguía viendo al suelo, extrañamente abatida: tras ella, Macuarro se rascaba la cabeza un tanto sofocado: un rostro prieto, seco, con algunos granos, poros muy abiertos, mandíbulas sin rasurar. Me estaba gustando la sensación del pubis angelical de Lolis Puig y tenía deseos leves de oscilar las caderas. Mi pene enviaba intensas señales de inminente crecimiento, así es que procuré desviar mi atención.

El metro se detuvo en una estación, pero casi nadie salió y si alguien pudo colarse no fue por la puerta más cercana a mí. El nuevo tirón al arrancar hizo que mi miembro se incrustara en la chavita, que para entonces parecía totalmente abismada. Preferí ver arriba. Crear y creer en México es el camino, decía impunemente un cartel. Tenía que suceder, al fin te has convencido, cantó ahora una voz cascada, claramente centenaria, más allá de las cabezas; me estiré lo que pude (tremenda fricción en el pitoniso) y vi a una anciana ciega que cantaba con mucha más fuerza de lo que podría esperarse, avanzaba ruinosamente, como a través de los rodillos de una exprimidora, precedida por un matrimonio cincuentón de ciegos:

apenas se podían mover. ¿Y el niño cantante? ¿Habría salido en la estación anterior? Misterios del metro. Quizá reaparecería por ahí y se integraría en el combo de los ciegos magos. ¡Hágale el regalo a él, a ella, sólo por este día, señores, tenemos los fabulosos encendedores Petardo a mitad de precio, no lo compre en el súper, en la botica, en el estanquío, cómprelo aquí a mitá de precio y dése un santo quemón! Todo abuso será castigado, amenazaba un letrero custodio de la palanca de emergencia. Un despiadado pedo anónimo nos hundió en la miseria. Qué tortura, daban ganas de salir corriendo o de pegar alaridos, así es que me concentré en la bandera nacional que aparecía en un anuncio con letreros líricos: para ese futuro que tanto queremos, y yo con el pene endurecido, aplastado en el vientre nubiscente, era un portento esa niña: parecía asfixiarse, ahogarse, y me llegó la idea de que era ninfómana praecox y que ya llevaba tantas venidas como tirones había dado el metro.

Exactamente en ese momento nos detuvimos nuevamente en pleno túnel. Pero esa vez el metro ya no avanzó más. La gente no pareció sorprenderse, lo tomaba con resignación patria, oiga usted nompuje, si nompujo, mempujan. El de las Clitorudas y Culicarnosas (¡esas gordas!) seguía más allá de todo el tumulto, con los brazos en alto sosteniendo su revista. Lo admiré fervientemente. Cambiaba de página con parsimonia y muchos alrededor de él continuamente miraban hacia arriba. Vi algunas señoras con bolsas de mandado comprimidas. Pero predominaban los hombres. Un chavo de veinte años, de pelo cortito como soldado y camisa lucidora de piel de tigre, morral al hombro. En los asientos vi un hombre pequeñito, de traje, lentes y barbita, leía un grueso libro. Junto a él, un gordo de camiseta grasosa que decía Carlos'n Charlie extendía las piernas groseramente. Mucha gente que iba sentada se había dormido, o transitaba sus carreteras interiores en un grado cero de conciencia, abrazaba los portafolios, morrales, bolsas de mandado, pequeñas maletas. Un chavo con camiseta que decía IF YOU CAN'T SHIT, DON'T EAT se rascaba imperturbablemente la nariz con un índice viscoso. Una muchachita fingía leer un texto escolar; el letrero en su camiseta proclamaba LAND OF ENCHANTMENT. Siempre estaban ahí las viejas criadas, delantal de veinte años de uso, trenzas descuidadas, canas desbordantes, anteojos de abuelita (seguramente medias de popotillo). Los tres ciegos habían callado, pero junto a ellos dos muchachas de clase media no paraban de hablar, con ocasionales miraditas escamadas alrededor. Ellas, al igual que mi compadre Cachorrasymachorras, estaban más allá del bien y del mal, en el ojo del huracán, lejos de la cara de absoluta angustia de una señora aindiada, de largo, suelto, chaleco de hombre, delantal debajo y blusa azul aún más abajo. Estudie usted una carrera técnica. Pero más bien veía fragmentos de rostros, de hombros, que inevitablemente se confundían cuando trataba de

131

aislarlos, la victoria de la uniformidad, pincelazos exactos de la masa anónima, me tragó la ballena y encontré una muchedumbre de bellos miserables. Bendita masa anónima, pensé: ellos me sostenían, allí mismo, me tenían de pie. Advertí también que mi cuerpo estaba acostumbrado a todo eso. Imagen fresca en los televisores National. Imagen fresca tu chingada madre, a veces los anuncios podían ser perversos, preservemos la identidad nacional, por ejemplo. El tipo de la espalda voluminosa contra el que me había incrustado cabeceaba peligrosamente, y me sorprendí (mi verguita de nuevo laxa en el vientre de la chavita) de que la gente pudiera absorber tantas incomodidades. Podían leer, dormir, cantar, alguien incluso ya se había cagado, anunciar, vender y platicar en las mismísimas barbas congeladas de Satanás, entre explosiones neutrónicas. La luz se fue, por unos segundos nada más, pero por todas partes se oyeron exclamaciones y una que otra voz agandallada; la luz volvió pronto, y con ella un fuerte tirón, el carro volvió a arrancar velozmente.

Nadie se fue al suelo, entre todos nos deteníamos. Para entonces sentía los latidos del tipo de la espalda voluminosa. Con el tren en marcha hubo un alivio colectivo. Estas cáscaras ya no la hacen para nada, dijo un hombre; sí, a cada rato se paran, son bien calientes, jia, jia, ora nos fue bien, a veces se tarda hasta una hora parado, sí, a cada rato suspenden el servicio sin aviso, por cualquier cosa se para el metro. Nunca pude localizar a los que hablaban, pero sí me di cuenta de que entrábamos en la estación Hidalgo, donde apareció, con la crueldad de una pesadilla, una infinidad de rostros expectantes, desencajados, ansiosos, desesperados; hileras de gente frenética por colarse a los vagones a como diera lugar. Pero dentro no cabía nadie, mucho menos esa línea Maginot dispuesta a jugarse la vida por entrar, que ignoraba al nutrido pelotón de policías de camisas de manga corta, mexicanas macanas y sofisticados radiotransmisores inalámbricos. La manguita corta y los aparatos hacían más grotescos, incongruentes, a los policías cara de tierra, expresión de pánico ante el gentío que no les hacía caso, porque todos pensaban en entrar costara lo que costara.

Estamos *arribando* a la estación Hidalgo, señores usuarios, declamó una voz por los altoparlantes del vagón; por su comodidad y seguridad suplicamos que las personas que van a bajar vayan acercándose a las puertas. No pos sí, ¿pero cómo?, dijo alguien, compermisito compermisito, ¿va usted a bajar?, sí, señora: digo, si podemos, tu bolsa, mana, no la sueltes orita es cuando te la jalan, no se la jale, vieja puta. El vagón se detuvo, no sin antes emitir un hiriente chillido de rata de laboratorio conductista que indicaba la inminente apertura de las puertas. Del otro lado, una muralla de rostros esperaba. ¡Dejen salir primero, que dejen salir *primero*!, gritaban los cuicos del andén, porque quienes quisimos salir (a mí me arrastraba, nuevamente, el vendaval) nos estrellamos sordamente contra la pared humana de afuera y durante varios, in-terminables, minutos, tuvo lugar una lucha dura, muy lewismilestoniana, para ver quién cedía. ¡Háganse a un lado, que dejen salir primero!, se desgañitaban los poli-cías, pero nadie avanzaba, ni para atrás ni para adelante, le dije pare un momento, no mueva tanto el motor, se oía en los altavoces de la estación, estudie usted una carrera téc-nica, la propiedad privada es sagrada, las voces de los poli-cías se perdían entre los jadeos, los pujidos de la gente, cada vez nos incrustábamos más los unos en los otros, incluso advertí que con cada embate de los que estaban atrás de mí se me dificultaba la respiración, ay, compadre, qué sofocón, los policías, a jalones, trataban de romper el mazacote humano que se había formado a las puertas del metro, entre pitidos de las puertas que querían cerrar-se, que te coge, que te agarra la Llorona por detrás, la pluma en el bolsillo de mi camisa se me enterraba como estilete, no lo aguantaba; cuando oí que las puertas trata-ban de cerrarse, nadie hizo caso, los cuerpos siguieron trenzados, señores pasajeros, apártense de las puertas para que podamos reanudar el servicio, ¡quítense de las puertas, con una chingada!, que te coge, que te agarra, el lago de la tranquilidad está en la luna, dicen que la distan-cia es el olvido, pero mientras, acá abajo, yo bailo chacha-chá, qué dolor tan vivo sentía en el pecho, jamás pensé que un objeto noble y hermoso como una pluma fuente me hiciera sufrir tanto.

Poco a poco las puertas pudieron cerrarse y el convoy siguió su carrera por los túneles oscuros. La gente estaba indignada; no era para menos, por supuesto, ¡coño, algo se tiene que hacer con este pinche metro!, ora a ver hasta dónde vamos a bajar, hombre, vamos a bajar hasta el fondo de la mierda, ¡ya llegamos!, a dónde, no seas payaso, a la meritita chingada, jiar jiar, ojalá acaben pronto las nuevas líneas, que si no... Pero si están paradas todas las obras, además quién puede creer que la solución sean nuevas líneas, la cuestión está en los gentialalales que hay, ya no cabemos, esto no tiene solución, esto va a tronar, nos vamos a morir como chinches, sí tiene solución, cómo no, estamos bien jodidos, el lago de la tranquilidad está en la luna, es que nadie hace nada, pero qué se puede hacer, ¿quién hace algo?, lo que hay que hacer es sacar a chingadazos a los ricachones y a los del gobierno, que se haga la pinche guerra civil, señora, pare un momento, no mueva tanto el motor, sí, eso mero, que se mueran unos cincuenta que noventa millones pa que los que quédemos téngamos más espacio, estudia una carrera comercial y asegura tu futuro, ojalá metieran a la cárcel a esos rateros del comercio y del gobierno, ¿ya vio cómo tienen lana?, sí, nosotros en la chilla y ellos gozándola en grande, qué poca madre, ay, compadre, que sofocón, ¿te quieres hacer rico con cien mil pesos?, creer y crear en México es el camino.

La reina del metro. Bajé en la estación Bellas Artes y dejé que por los túneles se fueran los rojos vagones cargados de… ¡símbolos! El metro se había descargado para esas alturas y yo deambulé por los andenes, bajé las escaleras y pasé al otro lado. Seguía habiendo mucha gente pero no se comparaba a lo de una hora antes. De cualquier manera, me estimulaba el movimiento, el entrechocar de ruidos techados por la interminable música de los altavoces, en ese momento *Poeta y campesino*, qué fea sincronicidad, pensé, gancho al ego, crítica abajo del cinturón, cuando vi a la Reina del Metro.

¡Qué imagen portentosa! Era una chava de rostro horripilante, picoteado por años de barros y remedios para combatirlos; pobrecita: narizona, bocona, de dientes chuecos, ojos pequeñitos, pestañas ralas, orejas de duende y pelos parados como dobles signos de interrogación. Lo maravilloso era que ese horror, la máscara seiscientos sesenta y seis de la Bestia (esto es, la bestia de la Bestia), no intentaba cubrir su fealdad; de hecho, la ostentaba: si la cara la tiraba la buenez la levantaba. El cuerpo alto de la nena era, para soltarle las riendas a Von Suppé, sublime, irreprochable, monumental, alucinante pero, sobre todas las cosas: cachondísimo, esa muchacha estaba que se caía de buena y lo sabía muy bien, la tajante perfección del cuerpo le daba una dignidad insospechada, altivez natural, la fineza de la aristocracia de la sensualidad que no puede pasar desapercibida y que, como supe después, era capaz de ocasionar catástrofes y de traer graves peligros. Por supuesto desde un principio vi que era una genuina soberana: se desplazaba con altivez natural, consciente de las miradas colectivas y del poder ambiguo que así obtenía. Y sigo siendo la cuin.

Era obvio que los metroúntes tampoco habían contemplado portento semejante; todos giraban para seguir ávidos el andar erguido y majestuoso de la Reina del Metrónomo, de frente o de espalda. Por eso los sabios de antes erigieron las imágenes para expresar sus ideas y pensamientos a fondo. Hombres y mujeres la veíamos navegar sobre el aire, rostro de Coatlicue agorgonada y kaliesca.

En cuanto a mí, poeta desmemoriado, antifunes del subterráneo, seguí caminando y pronto estuve cerca de ella, en el andén dirección Zaragoza, goza goza Zaragoza, vaya vaya Tacubaya; constataba que nadie dejaba de verla con miradas lúbricas, picarescas o con reprobación lesteriana: cabecitas blancas o delantales caminantes que caían en la provocación de esas rotundas tetas sin brasier, las areolas de cada pezón ricamente definidas en la blusita. A muchas mujeres les ofendía la ropa-no-ropa de la barrosa; las chavas sonreían complacidas al advertir que el Monumento tenía tal cara espantazopilotes o espantacuches; los hombres en cambio no nos fijábamos en pequeñeces y apreciábamos las ondulaciones mansas, marítimas, de la nalguita juvenil que avanzaba muy derecha, segura de sí misma, dueña del territorio, levemente satisfecha de que la miraran, acostumbrada a la admiración y al escarnio.

Incluso vi a un viejito de corte porfiriano, chaleco de rayas, leontina y toda la cosa, que, salomónicamente, contemplaba ese signo de los tiempos: los dones nonsanctos, nostalgias del rechinido del colchón, el hombre está capacitado para tener erecciones aún a los ochenta años.

La reina desfilaba despacio. No se inquietó, como todos los demás, cuando los vagones entraron resonando y se detuvieron pesadamente con sus chillidos exasperantes. Ella (gran dignidad) los dejó pasar, no hay prisa, no hay prisa, no voy a salir corriendo como toda la bola de idiotas, ¿verdad? Un impulso irresistible me hizo seguirla. ¿A dónde iría?, me pregunté. Quién sabe de dónde llegó un cuarteto de torvos galanes, de alarmante facha de porros, tropas de choque para acabar huelgas, manifestaciones, fiestas y primeras comuniones. Iban los cuatro con pantalones de mezclilla y camisetas que dibujaban las musculaturas y los letreros Cama Blanda, Coma Caca, Sexi Cola y Vote por el Diputado René Avilés en el VIII Distrito-PRI. A ver esa rorra, quihubo mi leidi, estás cayéndote de buena pinche vieja puta, a ver a dónde vas, te acompañamos, te invitamos unos tacos, unas cheves, unos condones, unos consoladores de carne y sin hueso, mira nomás mi reina el filetote que te vas a llevar gratis para que te agasajes, decía Cama Blanda, con la mano en el bulto sexual.

Pero ella lo ignoró como quien se desentiende de la mosca panzona y persistente que zumba en torno a la crema chantillí, ya, qué vieja tan apretada, lo que tiene de buenota lo tiene de pendeja, con la boca de mamadora que tiene, la culera se cre la gran caca, te habías de ver en un espejo, lo hórrida questás, ay nanita aquí espantan jia jia jia.

Ninguna reacción de incomodidad: calma, dignidad, compostura, cualidades innatas en esta reina. Llegó al fondo del andén y los camisetos se quedaron atrás, al parecer consultando un plan de acción entre carcajadas. Ella los ignoraba, como era de esperarse, pero tampoco los perdía de vista, preocupada y alerta.

Ya se veían nuevamente los vagones en los túneles cuando los camisetos alcanzaron a la chava con pasos decididos, mi reina no me desaires la gente lo va a notar. Cama Blanda le dijo, gallardamente: órale pinche puta cucurra no hagas osos y te vienes a chupar con nosotros de buen modo porque si no te llevamos a vergazos. Ella no les hizo caso y se asomó para ver la entrada de los vagones. Cama Blanda tomó el brazo de la chava y la jaloneó, ándale, chancluda, a ti te estoy hablando, no te adornes, se te ve clarito en la bola del ojo que te gusta la reata. ¡Suéltame, imbécil, suéltame!, exclamó la reina repentinamente fastidiada, asqueada, angustiada. Cómo se atrevía ese patán a tocarla (¡a ella, a ella!). Te digo que te pasa la pescue, ya te tenemos bien licaidoneada, si no no andarías casi encuernavaca enseñando la mercancía. ¡Que me sueltes, te digo!, gritó la muchacha con destellos de alarma. Cama Blanda le apretaba el brazo y Sexi Cola, Coma Caca y Vote por el Licenciado René Avilés le tentaleaban las nalgas.

El metro había llegado, y la gente del andén, incluso un policía, se desentendían de lo que pasaba, aunque echaban ojeadas morbosas hacia el fondo del andén. De pronto sentí la mirada fija de la reina del metro: me veía y no me veía, pálida y aterrorizada y, para mi absoluta sorpresa, me descubrí caminando hacia ellos. A ver, a ver, qué pasa aquí, dije con mi mejor voz johnwayniana, deja a la chava, mano. Tú sácate de aquí, pinche pendejo, o te ponemos plano a chingadazos, gritó Cama Blanda. No estaba jugando.

Suéltala, Cama Blanda, pero ya, a este ritmo, ordené, chasqueando los dedos. Ora, güey, no me llamo Cama Blanda, me llamo Alberto Román. La reina logró desprenderse, justo cuando el metro había abierto las puertas frente a nosotros; en un relámpago (un parpadeo) la reina del metro se había metido al vagón y avanzaba entre la gente. ¡Que no se pele!, indicó Cama Blanda y los cuatro se metieron cuando se escuchaba el chillido del cierre de puertas y la reina apenas alcanzaba a regresar al andén por la puerta siguiente. El metro se fue, con su cauda de rayas anaranjadas.

La chava había palidecido, se había desencajado, y yo, viéndola en silencio, me maravillaba del horror casi sagrado que era su cara: se hallaba dotada del misterio de ser producto natural, espontáneo: un fenómeno cuya belleza es áspera y conmocionante, la belleza de la caca. Pero el cuerpo, en cambio, quitaba el aliento a tal punto que me dio risa, ya que era imposible derribarla en el andén y tirármela ahí mismo. Ella se desconcertó, qué horror, huir de los violadores para caer con un loco.

La cumbre del mundo. Me acuerdo, por ejemplo, de cuando rompí un espejo a puñetazos.

¡Ay! ¿Estabas borracho o qué?

Pues claro. Pero no lo rompí por borracho sino porque me vi en él y me vi grave, horripilante…

Ay no, Lucio, pero si tú estás bien guaporrón…

¿Un coñac?

¿Quieres un coñac?

Pues sí, ¿no?

Dos coñaques.

¿Y un postrecito? ¿Las afamadas crepas secretas de la casa?

Vengan las secrepas.

Me hacía sonreír la idea de que mi interior era (en ese momento) una cámara oscura, más bien un estanque negro del que saltaban formas que se dirigían a mí, un surtidor negro porque así lo visualizaba; era consciente de que aún no disponía de los medios suficientes, del poder necesario, para percibir las cosas con mayor claridad; me llegaba la idea de que si me esforzaba un poco podría saber algo que ya estaba listo a entregarse y que sólo requería de un mínimo esfuerzo: la sensación de que podía (un resplandor) pasar a otro estrato, un plano en el que no había ni altas ni bajas, ni cimas ni depresiones, ni climas ni turbulencias, sólo un perenne estado de exaltación contenida que se desbordaba con lentitud delectante como espuma de luz y fecundaba el contorno, nostalgia profundísima de un pasado que rebasaba los seis años, mi vida entera: un estadio de existencia en el que siempre estoy, del que nunca salgo, aquí es donde sueño que vivo y a donde regreso al despertar, la verdadera realidad en la que ahora estamos tú y yo, de la mano a través del tiempo y el espacio; me llenaba la sensación gozosa aunque vaga, informe, de que estaba formado por un centro que pertenecía a algo más vasto, una maquinaria inmensa, naturaleza infinita, un todo que se autorregulaba, del cual se desprendían los círculos fibrosos de existencia, distintos planos de acontecer, simultáneos por su condición ilusoria y a la vez terriblemente concreta, carreteras de telaraña y sistema solar…, y esa muchacha de cuerpo nirvánico, de cachondeces majescas, de buenez fulminante, que resultó llamarse Consuelo, encarnaba una vieja compañera de la eternidad, una aliada cuya corporalidad presente era una verdadera prueba y también señal en la carretera: me hallaba cerca de recordarme y ella había llegado a esa esquina de mi vida en el momento exacto…

…nhombre, si voy de gane, en toda mi laif siempre me he encontrado a estos cuates superligadores, muy güeritos, de tacuche o chamarra de gamuza, con chaleco, oliendo a Halston y con el carrazo, ¿no? ¡Puta, qué pendejos son!

¿De qué estaba hablando? Reía. Yo reí también, para acompañarla. Pero ella tenía puntos negros en la mirada, su voz ronquita se hizo más grave, aunque la sonrisa seguía en órbita todo el tiempo.

Son malos, Lucio, te lo juro, son de lo peor, no tienen nada adentro, nomás tienen dinero y a veces ni eso, nomás hacen como que tienen y la pendeja de yo cae en el viejo truco, y pueden ser *culeros,* crueles y perversos, ¿no?, y todos se cren lo máximo, ves, cren ser los más cueros del mundo, y bueno, algunos sí son unos papacitos, son un sueño, ¿por qué los más guapos son los más ricos? Bueno, ¿por qué rompiste ese espejo?

¿Cuál espejo...?

...Un territorio dorado, la patria más profunda, el alma del mundo como decía Paracelso, el tao que no se puede nombrar, no es México, claro, ni tampoco la niñez, paraísos perdidos que ni son paraísos ni están perdidos, la inconsciencia no es inocencia, yo me refiero a otra cosa: ese rinconcito que se halla en lo más escondido de uno y en el cual todo es perfecto, allí está todo, centro y periferia, y a la vez no hay nada, nunca hubo nada, en realidad montas el gran dragón de sesenta y cuatro cabezas que despide llamaradas ante el pasmo del mundo. Una llama. Hay que ser fuego para entrar en ella, ser fuego para que el fuego no queme, uno se quema, uno se consume en las aguas del fuego, en remolinos incandescentes, en densas capas de llamaradas, en ventarrones de fuego limpísimo…

…Estaba muy pedo, ya te dije. Mira, yo andaba hasta las almorranas por una muchacha, y ella no me hacía el menor caso, como suele ocurrir. Le escribía versos, ¿tú crees?

¿De veras? ¿Escribes versos?

A esa chava le escribí versos, pero eso es cosa de otro. Yo es otro, ¿no? Pero pa mí que ella ni los leía, tanteo que hasta se limpiaba con ellos. Y yo, retachando. Bueno, se casó. Se casó, claro, con un tipo que resultó un gángster, y ojete, además, decían que era padrote y traficante, pero ella no lo sabía, y yo, claro, no se lo dije. Se lo merecía.

¡Ay qué *horror*!

Pues sí y no, Chelito, la verdad es que yo estaba clavadísimo con esta chava, pero algo…, no sé, yo siempre he tenido una magnífica brújula metafísica.

Oye, qué raro hablas, ¿eh?

Sí es cierto, es una vergüenza juntar tres esdrújulas cuando son escasas y se deben administrar.

¿Qué?

En el fondo yo sabía que esta nena era pendeja. Porque, mi querida Chelo Azul, te juro que en el fondo ya sabemos *todo,* pero la gente no se entera porque nunca se tira a tocar fondo, apenas y circula, en el mejor de los casos, en lanchas con fondo de cristal.

Oye, párale. Estás *chiflado*. Deveritas, ¿eh?

Lo que te quiero decir es que sólo hasta que se casó me la pude ligar.

¿De veras?, cursiveó ella, ¿te cae?

Sí, de veras, pero ése es otro cuento. Después te lo receto, si quieres.

Ay sí, suena *padrísimo*, rarosón, ¿no? ¿Cómo fue eso?

Melodramática reina, telenovela habitat.

Pues sucedió lo clásico: cuando vio que ya no le escribía versos, que no la acosaba, que ni siquiera la veía feo, que ya no me interesaba y que andaba yo tras otras chavas, entonces fue cuando me las dio. Ella vino y me las dio. Bueno, es que al mismo tiempo tenía muchas broncas con el padrotillo, que, como te dije, era un perfecto cábula, un pobre pendejo que desde pequeño asfixió su alma.

Bueno, sí, pero estábamos en lo del espejo.

¿Qué espejo?

Yo ni de loco quisiera ser yo. El día en que esta chava se casó también me invitaron a otra boda, al mediodía. A las cinco de la tarde ya estábamos bien borrachos mi cuate René y yo. Los dos empezamos a chupar severas dosis de tequila en casa de su mamá, quien, por cierto, le entró al parejo que nosotros.

A la primera boda llegamos, pues, ya prendidos, pero ahí definitivamente nos pusimos hasta atrás. Y cotorreamos a gusto con la gente de una clase media irredimible, buena onda también, y pronto se hizo hora de ir a la segunda boda, a la de Mercedes, pues así se llamaba esa infeliz araña. Como era de rigor, tomamos una botella de ron y nos despedimos, gracias gracias, pinches ojetes. Estábamos al extremo sur de Tlalpan y teníamos que ir a la Lindavista, casi en la Villa. Como no teníamos para comprar un regalo, cortamos las flores silvestres y un tanto jodidonas que habían crecido en el camellón de Tlalpan. Claro que por cortarlas nos metimos en el lodo y nos manchamos por todas partes. Vimos que pasaba un taxi y salimos del camellón. Lo paramos. Para que no estorbaran doblamos las flores en cachitos y nos las guardamos en la bolsa del saco. El trayecto se nos hizo corto porque llevábamos la botella. No parábamos de hablar.

Cuando llegamos no había nadie en la casa, todavía estaban en la iglesia, y resultó más bien indecoroso que nosotros, enlodados, antes que nada corriéramos a servirnos vasos jaiboleros llenos hasta los bordes de whisky puro. Al poco rato llegó el gentío de la iglesia, y entre ellos la perversa Mercedes y su padrote marido. Todos la abrazaban, la felicitaban, y ella apenas se dio cuenta cuando yo, el Poeta de la Mancha, saqué mis maltrechísimas flores del bolsillo, las desdoblé cuidadosamente y se las di, envueltas en una mirada que supuse reflejaba profunda pasión, resentimiento, resignación, lujuria, ay gracias, me dijo, sin verme, y me dio la espalda para abrazar a otro pendejuelo. Lucha, ordenó, pon estas flores en el agua, ándale, niña.

Yo seguí bebiendo. Al rato me valía madre que Mercedes se hubiera casado y discutía, bien contento, incoherencias políticas con varios maestros de la prepa que habían ido al casorio. Cuando mucha gente ya se iba, Mercedes finalmente debió darse cuenta cabal de lo que significaba mi presencia allí y, estoy seguro de que en ese momento, como relámpago (un parpadeo), le llegó la idea de que finalmente sí me las iba a dar. Poco antes de irse a la supuesta luna de miel, o duna de piel, fingió que se topaba conmigo entre la gente y me dijo, con su tono de mamá-muy-preocupada: ay, Lucio, no bebas tanto, mira nomás cómo traes el traje. Es que traje traje, respondí. No seas sangrón, replicó, pero volvió a sonreír, ah: fariseicamente; cuídate, añadió. Ya se iba, pero la tomé del brazo. Sabes qué nena, le solté, sintiéndome el Humphrey Bogart de la prepa, bien pronto tú solita vas a venir a buscarme para dármelas. Ay sí tú, qué más quisieras, respondió, desprendiéndose de mí; báñate primero. Pero no parecía molesta en lo más mínimo.

Total, se fue. Pero Renato y yo nos quedamos hasta el final: había una dotación sensacional de alcohol y nadie nos corría. Finalmente salimos y tomamos un taxi en Insurgentes Norte. No llevábamos casi nada de dinero, así es que juntamos la poca lana que teníamos, y nos bajamos cuando el taxímetro llegó a esa cantidad.

Era una zona de cabaretes, en la colonia Obrera. René se fue a pincel y yo también. Afuera de un antro un grupo de tipos comunes y corrientes platicaba de lo más tranquilo, pero, en la paranoia alcohólica, yo creí que me iban a asaltar y que me madrearían a todo volumen al ver que no traía ni quinto. Entonces, fíjate nomás qué pendejo, dizque para que vieran que yo era muy macho, que me cogía a guaruras, que estaba dispuesto a pelear mi vida y todas esas mamadas, le solté un puñetazo feroz a una ventana. Rompí el vidrio pero también me desgracié la mano, que empezó a sangrar. Me gustó mi propia sangre y le agarré gustito a eso de romper vidrios, así es que todo el camino me fui desmadrando ventanas con el puño y arrancando antenas de coche. Cuando llegué a mi casa iba dejando un reguero de sangre en el suelo y llevaba un manojo de antenas arrancadas: eran como veinte, que, sin fijarme, tiré en la cama cuando entré en mi cuarto.

Y me vi en el espejo, con la ropa llena de lodo y sangre, la mano masacrada, la cara sudorosa de tanto correr. Qué mal, qué mal. Creo que hasta se me bajó el pedísimo de la impresión de verme completamente ensangrentado, como si fuera una variedad peluda semejante a un recién nacido de algún tipo. La mano, insensible. La cama, con colcha de antenas. Mi cara estaba roja de la sangre, el alcohol y la caminata. Y entonces, desde dentro me reconocí perfectamente, tuve una fugaz visión de lo que en verdad era. Te juro que me sacudí. No me gustó nadita. Pero mi puño ya había salido disparado y estrelló el espejo en cachitos. Era un espejo grande, de dos metros, atornillado a la puerta del clóset. Con el golpe se me abrió el dolor en la mano, una sensación ardiente, viva. El ruido despertó a mi familia. Me dijeron que estaba completamente loco. De hospital. Camisa de a huevo. No tanto, no tanto, les aclaré. La mano me quedó grave, me pusieron no sé cuántos puntos y yo tardé siglos en volver a hacerme una chaqueta.

¿Signo de interrogación y los Misteriosos? ¿Qué fue eso que vio usted? ¿La locura? ¿La muerte? ¿El amor? ¿Qué puerta se abrió y qué pavorosa corriente de viento helado le pegó que a usted por siempre le quedó el pelo blanco? ¿Encanecido a los veinte años? ¿Cree usted que esté bien? ¿Era, quizás, un viento latigueante, ululante, un golpe de poder enloquecedor lo que entraba por la ventana? ¿No recuerda? ¿No tuvo usted que ir a la ventana, cerrarla le costó el trabajo más duro de su vida? ¿Y luego, cuando volvió a la cama, no acarició usted las sábanas, se integró en el pequeño cuarto del último piso, casi vacío, cerró los ojos pero de pronto saltó sobresaltado? ¿Había el viento, con un latigazo fulminante, abierto nuevamente la ventana? ¿No saltó usted y la volvió a cerrar, pero hacerlo no le costó todas sus reservas de energía? ¿En qué rito participó usted, sin saberlo, sin percibir las figuras gigantescas, negras, que a su alrededor contemplaban el pequeño juego? ¿No era usted juguete de otros? ¿Puede usted creer que esa sangre careciera de significado?

Los enemigos ocultos. Me quedé solo en mi casa, un atardecer, en la cama de mis padres, entre dormido y despierto, viendo pasar una especie de película de la que yo era parte y a la vez espectador. Todo era razonable y disparatado, las secuencias se hilaban de forma ilógica, yo no comprendía qué pasaba, esa acumulación de acontecimientos empalmados, unos terribles, otros placenteros, me había suspendido entre el sueño y la vigilia, veía sin comprender pero pensaba, mecido por el barullo, que todo estaba bien.

Oí ruidos y voces. La familia regresaba del cine. Se instalaron en el desayunador y conversaban viva pero ininteligiblemente. Oí pasos que se acercaban. Se abrió la puerta de la recámara y entró mi hermano Julián. Las sombras llegan suavemente y me llevan a un lugar donde abandonan mi vida y me dejan sin nada que decir. En ese momento desperté cabalmente, pero me fingí dormido. Julián se acercó, sigiloso. Del buró tomó la cartera de mi padre y sacó varios billetes; uno de ellos lo metió, cuidadosamente, en mi bolsillo, los demás los guardó y se fue, sin hacer ruido. Yo estaba seguro de que él me incriminaría si se daba el caso.

Otra: en aquella época yo vivía en un edificio, con mi esposa Aurora y mi padre. Mi madre estaba en Villahermosa, no recuerdo por qué. Bueno, primero me pasó que con una frecuencia alarmante perdía dinero. No me daba cuenta hasta que llegaba a alguna parte, tenía que pagar y descubría que no llevaba ni un quinto. Era de lo más penoso. Después empezaron a desaparecer papeles de mi trabajo que me llevaba a casa para no estar todo el tiempo en la oficina. Cuando tenía que entregar algo urgente, muy importante, nunca fallaba que faltaba una parte. Varias veces me regañaron, y yo tuve que tragarme la humillación. Trataba de fijarme en qué momento desaparecían las cosas, pero nunca pude descubrir nada. Una vez llevé a casa un reporte urgente que tenía yo que entregar al día siguiente. Lo trabajé hasta las dos de la mañana y me fui a acostar, cansado como nunca, pero me latió que algo sucedería y mi sueño no fue nada profundo. Como a las cuatro de la mañana vi que Aurora se levantaba de la cama. Me miró largamente, lo cual me puso muy nervioso. Era obvio que quería constatar que yo estuviera perfectamente dormido. Salió del cuarto. Me levanté al instante y la seguí, tan callado como ella. En la sala la descubrí hurgando en mi portafolios. Sacó el fólder con el reporte urgente y para mi absoluta sorpresa se fue a la recámara de mi padre. Entró en ella y cerró con llave. Me di cuenta de que encendía la luz, después oí voces susurrantes ¡y risitas! Ese cuarto daba a una azotehuela y rápidamente fui hacia allá. La cortina era casi transparente y lo que vi me dejó helado. Aurora manipulaba el miembro de mi padre con dedicación y lo tenía completamente erecto. Se lo metió en la boca y procedió a succionarlo con un ritmo cadencioso, más bien lento. El viejo sólo se había desatado el pantalón de la piyama y, como es de rigor en esos casos, le sujetaba la cabeza con las manos. Me quedé estúpido, sin poder creer lo que veía. Me fui de ahí en el colmo del estupor y tropecé en lo oscuro con un mueble. Hice un ruidero. Al poco rato llegó Aurora, presurosa. Musité que iba a tomar algo a la cocina. La muy cínica me dijo que de pronto se había sentido muy mal y le fue a pedir a mi papá que le pusiera una inyección de vitamina B-12. Con eso siempre sale de las bajas de presión fulminantes. Una inyección, qué te parece. Casi se estaba riendo. Nos fuimos a la cama y ahí, sin venir al caso, me aventó lo siguiente: ¿verdad que es muy hermoso nuestro señor Jesucristo?

DISOLVENCIA

Coartada. En mi casa nomás no se puede estar. Mi mamá está más neuras que las arañas. Mi papá se murió cuando yo era chica, era un hombre divino, qué señor, me acuerdo muy bien de él, yo tenía doce años cuando se murió, le dio un ataque cardiaco y casi… Bueno, mi mamá se puso gruesísima entonces, tuvo que mantenernos a mi hermano Guillermo, que tenía catorce años, y a mí. Se metió a trabajar en la CTM, pero apenas nos alcanzaba. Luego, pa colmo de males, un coche atropelló a mi hermano Guillermo cuando atravesaba la calzada de Tlalpan, y desde entonces te juro que mi mamá me agarró ojeriza, todo lo que yo hacía le caía gordísimo, que si iba a la escuela, que si no iba, que si comía, que si no, puta, ni quién la aguantara, y cuando empecé a ir a las fiestas pues olvídate, casi le dio el patatús. Un día me dijo que ya no nos alcanzaba el dinero y que me iba a poner a trabajar. Ya me había conseguido chamba en una fábrica de jabones. Pero yo todavía no terminaba la escuela, ves, y le dije, según yo en muy buena onda: no, mamá, yo sí trabajo y te ayudo, pero cuando termine, orita ni siquiera sé bien cómo se le hace. Y es que no quería ponerme a trabajar, Lucio, se me hacía que iba a ponerme igual que ella, toda furiosa nomás porque volaba la mosca, enojadísima siempre; se supone que de jovencita había sido muy guapa y la pobreza la había echado a perder, vístete decentemente, Consuelo, me gritaba todo el tiempo, ¡si tu padre te viera! Fíjate que ella anda siempre en la casa toda desfajada y con las medias caídas sobre las chanclas, como polainas, fumando Delicado tras Delicado, mi casa parece Altos Hornos de México. No, olvídate, ya no aguantaba yo a la ñora. Y luego, pacabarla de amolar, la escuela me empezó a caer gordísima, ¿no? Siempre me estaba durmiendo en las clases y nomás no agarraba nada bien, y es que me chocaba la idea de ser la secre de algún viejo panzón, ¿por qué los hombres nomás crecen y se vuelven panzones? Cada vez me iba más de pinta, que aquí a la Torre, que a Chapultepec, onque ora Chápul parece los terregales de Texcoco, bueno: casi... Bueno, pues le pasaron el chisme a mi madre y ella se puso como no te puedes imaginar. Y desde entonces casi no me habla. Adrede hace de comer poquísimo para que cuando yo llegue no encuentre casi nada, aparte de que le puso cadena y candado al refri y yo tengo que andar pidiéndole siempre la llave, no, si te digo que es... Bueno, ella no gana mucho, pero no es para que haga eso, podría hacer más de comida, ora sí que echarle más agua a los frijoles, después de todo nomás somos ella y yo. Y qué te crees, a mí no me dice casi nada, ¿no?, te digo que ya casi no me habla, pero a todas las viejas del edificio les dice que yo trabajo de *puta*, hasta hay varios escuincles canijos que me dicen: ¡Ahí va la Puta 100! Y no es cierto, cómo va a ser, nomás me gusta salir a cafetear y, bueno, a ligar de vez en cuando, ¿cómo cree que yo podría hacer eso? ¡Está loca! ¡Palabra! Le patina, todo se le olvida, yo creo que uno de estos días va a acabar en la casa de la risa, pero quién sabe... Tiene cada mañana... Bueno, pues figúrate que cada vez que me ve con ropa nueva me pregunta ¿y cómo le hiciste tú, muchacha, para comprarte tanta cosa? Puta has de ser... Es que yo no le he dicho que me salí de la escuela Leñas y Greñas y que ya estoy trabajando en el Taconáis. Habías de ver cómo son de malvados los del Taconaco, por quítame estas pajas te descuentan dinero, como si ganáramos los sueldazos. Rosita y yo, otra muchacha, ella y yo hemos estado pensando en poner un departamentito, porque la mamá de ella también se las trae, pero es que las rentas están carísimas, carisísimas, ay, y los únicos lugares donde hemos encontrado deptos más o menos baratones pues es donde te violan catorce veces al día, ¿no? Entonces mejor pensamos esperarnos a ver si agarramos otra chamba donde nos paguen mejor...

Ay... Bueno, ya borracha te voy a contar lo que no te quería contar... Figúrate que una vez me invitó a tomar un cofi un chavo de esos bien ricarditos, que traía un Magnun increíble, automático, con un autoestéreo de sueño, y bocinas triaxiales por todas partes, y ecualizador y, bueno, ya sabes, no le dolía nada al carrito. En cambio el cuate nomás como que no me latía. Pero yo pensé: chance con este narizotas ligue una cenita con vino en un lugar muy padre. Te juro que eso era todo lo que yo pensaba. El chavo era de lo más sangre, no te imaginas. Creidísimo, en cada alto se peinaba con un cepillito muy acá que según él era de pelo de cochinilla tibetana o algo así, ya ves tú que esos cuates se la pasan presumiendo todo el tiempo. Decía que lo había comprado en París. No, si el chavo era de las poderosas. Traía sus guaruras atrás todo el tiempo, pero eso lo supe hasta después. Bueno, pues circulábamos y circulábamos y en ningún café o restorán cuco nos metíamos, y el cuate este traía una cara de lo más marciana... Tonces le dije óyeme, qué te trais, ¿eh?, estás medio raro, cuate, ¿vamos a tomar ese cofi o no?, ya me cansé de andar dando de vueltas y vueltas en tu nave, oye, ya chole, ¿no? Entonces me dijo, eso sí, sin voltear a verme siquiera, ¿te quieres dar un toque? Fíjate, Lucio, que yo a la mota ya le he llegado, porque quién no, ¿o no?, pero olvídate, no me cuachalanga, me pone como pazguata, risa y risa y sin poder ni hablar, y por eso no me gusta. A mí me gusta la platicadera, ¿no? Tonces le dije ay no. Él hizo una cara que bueno, y sacó un cigarrote y se puso a fumarlo, dando vueltas por el Pedregal, él se fumó todo el cigarro, todo todo todo se lo fumó, y hasta me dijo que yo era una bruta india pendeja que no sabía lo quera bueno, que ese cigarro era especial, quesque era colombiana y le llamaba bazuka o… bazofia o algo así… Bueno, después de siglos nos paramos en una casa del Pedregal, una casa inmensa, te juro que parecía el castillo de Chápul. Él nomás me dijo espérame, orita vengo. Pues que se baja y ahí me dejó de mensa en el coche. El cabrón ni siquiera dejó puesta alguna cinta… Algo como que no me latió lo que se dice *nada* y pensé que era mejor largarme de ahí, ay, pero me ganó el cuelgue, la pinche hueva, y es que estábamos lejísimos de mi casa, hasta bien arriba del Pedregal, ya casi por el Periférico, y eso de ponerme a buscar camión por ahí… Creo que ni pasan… Total, de bruta me quedé. Bueno, el cuate este regresó después de siglos con otros cuatro cuates que traían chamarritas muy finas, camisetas padrísimas, pero también unas caras *horribles* de libidinosos marranos que nomás no las creías. Traían una botella de coñac, imagínate, y nomás se subieron a la nave empezaron a decir oye qué buenota está esta pinche criada que te ligaste, bueno, pa qué decirte todo lo que me dijeron: de india, naca, gata, no me bajaron. Y pa pronto a meterme mano. Ay qué horror, todos al mismo tiempo. Ni siquiera se esperaron tantito; ahí mismo, en el coche estacionado que comienzan a cachondearme por todos lados, y entonces sí me dio el puritito pánico, y empecé a gritar. Hit the road! dijeron, porque los mamones hablaban más en inglés que en español, y otro me soltó un mandarriazo de veras horrible que me hizo ver estrellitas... Bueno, pa no hacerte el cuento largo, me llevaron allá por arriba de Contreras y entre los cinco me hicieron hasta lo que no, por delante, por detrás, dos al mismo tiempo, todo eso... Yo primero dije que me iba a aguantar porque de veras tenía miedo, pensé que esos chavos fácil me mataban y me tiraban por ahí en alguna zanja de lo más quitados de la pena, y uno de ellos quería a toda costa que le chupara el culo, y eso sí como que nomás no, me puse a chillar y a tirar de patadas, entonces me agarraron entre todos, y el cuate ese se me montó encima, con las nalgotas espantosas encima de mi cara, con su cosa esa ahí colgando porque era el único al que nomás no se le paraba, y por eso quería que yo le chupara ahí y yo, digo, chance hasta lo hubiera hecho si todo hubiera sido bonito, pero así, pues, no. Ya estaba que me moría del coraje, y entonces que le agarro una mordida pero de veras horrible en las nalgas, el cuate este empezó a chillar como loco, a sacudirse para desprenderse de mí, pero yo no lo solté, lo seguí mordiendo con toda mi alma a pesar de que todos los demás me daban de patadas por todas partes. Fue entonces cuando los niñitos mandaron llamar a los guaruras, que todo el tiempo nos habían seguido y yo no me había dado cuenta. Estos cuates llegaron, y me apachurraron los pezones tan tan duro que solté al que estaba mordiendo, así como entre sueños recuerdo que estaba sangrando feo y que se le veía la carne viva en varias partes, pero qué iba a poder ver yo con tanto madrazo que me dieron. Los guaruras les dijeron a los nenes que se fueran, que ellos se iban a encargar de mí. Bueno, yo creí que me mataban, palabra, estaba segura que de ésa no salía, pero no: me dejaron ahí tirada, yo creo que porque creyeron que ya estaba muerta, no sé cómo no me rompieron todos los huesos, bueno, lo que me hicieron, digo, lo que recuerdo, porque sé que inconsciente los guaruras le siguieron... Al día siguiente yo seguía ahí tirada en el campo, no me podía mover. Nomás veía el cielo y los árboles, y pensaba... No, no sé qué pensaba, nunca me había sentido así, lo único que recuerdo es que recé mucho, le pedí a Diosito que me sacara de ésa porque entonces sí me iba a portar bien y no iba a andar ligando con esos niños ricos asesinos. No aguantaba ni los dolores ni el friazo... Me acordaba de mi mamá, y de mi papá que se había muerto, y de mi hermanito Memo que lo atropellaron, porque yo lo quería muchísimo y éramos muy buenos cuates... Él era blanco blanco... Quién sabe a quién le sacó... Y todo se me hacía rarísimo, como si nunca antes hubiera visto los árboles o el cielo... Todo el cuerpo me dolía, y varias veces me desmayé, y, si no, estaba chille y chille, quién sabe cuánto tiempo, hasta que me encontró una familia que andaba por ahí de paseo, ¡madre mía santísima!, gritó la señora, ella me vio primero. Y antes de decirles nada a su marido y a los niñitos fue quién sabe a dónde y regresó y me tapó con un plástico bien cochino, porque a mí me habían dejado desnuda ahí en el campo… Bueno, me llevaron a mi casa, muy buenas gentes esos señores después de todo, bueno: el señor, porque la señora quería que me dejaran en la delegación de policía, mira, viejo, ahí nomás déjala afuera de la estación y nos vamos volados, decía, pero el marido dijo que no, que seguro me iba a ir peor con la chota, mejor me iba a llevar a mi casa, ay, viejo, pero es que esta muchacha ha de ser de las gánsteras, a nadie le hacen lo que a ella así como así, ¿y el día de campo, y el día de campo?, repetían los pinches escuintles, me odiaban los condenados porque les había echado a perder el paseo. Bueno, ¿qué crees?, por una vez en su vida mi mamá se portó a la altura: me bañó, me lavó las heridas, las desinfectó, les puso pomada de la Campana, porque ella cura todo con pomada de la Campana, y luego me vendó, me acostó, me hizo caldito de pollo, me trajo un sidral, pero me cobró el servicio, qué te crees, porque todo lo que se la pasaba diciéndoles a las vecinas me lo soltó a mí cuando ya estuve en la cama. No le paró la boquita, de puta, perversa, ingrata, india tarada no me bajó. Y allí fue cuando yo pensé que todo me valía, que al carajo con la escuela, que me iba a conseguir una chamba y que me largaría de allí lo más pronto que se pudiera. ¿Sabes qué me gustaría? Me gustaría irme de la casa pero antes alivianarme con mi mamá. No creas, te juro que no la aguanto y que ahora la odio muchas más veces y más feo que antes, pero no me pasa la idea de que se quede sola, de que se vaya a chambiar a esa oficina espantosa y luego regrese al jonuco y no haya nadie. Me gustaría pagarle un viaje bien lejos de aquí, que se fuera a vivir a Tapachula o a Sonora, algo así, y que allí se zambuta todas las telenovelas y las series de televisión hasta que se petatee de tanta tele.

Con ciencia del seno. Te diré, para mí la primera menstruación fue algo tremendo porque mi pinche madre no me había dicho nada y yo era tan bruta que apenas había captado dos tres ondas entre las niñas, bueno, nomás menstrué y, zas, me cambió el cuerpo pero si casi de un día para otro. Antes de los catorce ya estaba hecha casi igual que ahora. Me quedé de a six porque yo antes era una chamaca flaca y tan fea que espantaba, me decían la Bruja Ágata, el Espanto, el Mostro de la Laguna Negra, Franqui, la Putita Fea, me decían la Chingada, fíjate qué ojetes, y no sé cuántas cosas más que me hacían chillar, sólo mi opacito me decía las cosas más lindas del mundo, pero luego mi papá se murió, justo cuando cambié y quedé llenita. Me di cuenta de volada porque todos me miraban de otra manera, sólo mi mamá me seguía diciendo que yo era horrible, un monstruo, que el bonito era Memo, y sí, estaba lindo mi hermano Memo, yo lo veía lindísimo.

Una vez íbamos de vacaciones a Acapulco, en camión, y Memo se fue conmigo, lo que puso fúrica a mi mamá, ya era bien de noche y yo ya me estaba durmiendo cuando que siento que Memo me tocaba. Primero muy suavecito, como para checar qué tan profundo dormía. Yo me hice la piedra, pero en realidad tampoco me podía mover, en un momento traté como de cambiar de posición, ¡y no me pude mover!, Memo me estaba acariciando los senos, yo sentía algo caliente caliente entre las piernas, húmedo, muy húmedo, un poco como cuando menstruaba porque, aquí entre nos, a mí la menstruación me pone cachorrísima. Bueno, yo tenía la piel chinita chinita, sentía riquísimo la mera verdad, luego él metió la mano debajo de mi falda, muy chingonamente hizo a un ladito el chon, me tocó el botoncito, que en mi caso es botonzote, ay qué cosas no me hizo con el dedo, también me alzó la blusa y me estuvo chupando los senos, pero no mucho, le daba cisca de que lo fuera a ver alguien, pero quién nos iba a ver, estaba oscurísimo, no se veía de tan negra que estaba la noche y todos estaban dormidotes. Ya estábamos cerca de Acapulco cuando, tatáááán, me vine. Por primera vez en mi vida. Cómo te lo podría explicar. Fue un venidón tan fuerte que no lo pude ocultar, me mordía los labios para no gritar y me sacudía como loca, mi hermano se pegó un sustazo primero y se hizo como el que estaba dormido. Yo llegué a Acapulco *flotando*. Allá en Acapulco, nada. Y cuando regresamos, tampoco, porque mi mamá terqueó para que Memo se fuera con ella, ¿tú crees?, prefería que yo viajara sola en el camión. Y luego, a la semana, lo atropellaron.

Bueno, fue horrible y todo eso yo lo sentí, de veras, me pegó durísimo, de repente me entraba algo raro, no sé cómo, una especie de aire helado, como que me daba cuenta de lo que iba a ser vivir sin mi papá y ahora sin él, solas mi mamá y yo. Realmente hasta ese momento me di cuenta. Pero, bueno, ésa es otra canción. Lo que sí es que yo quedé como alucinada con la calentura. Me prendía cuando se me quedaban viendo, y luego, en mi cuarto, cuando no estaba mi mamá, me desnudaba y me pasaba horas viéndome en el espejo, acostada, sentada, caminando, en cada postura, y haciéndome unas chaquetotas que olvídate, a veces hasta me desmayaba. Bueno, a los quince años fui a una fiesta, ¿no?, y un chavo que por otra parte era bien pero bien bartolo, se me pegó de lo más rico al bailar, estábamos bailando con la luz bajita y yo cerré los ojos, todo era padrísimo y de repente, qué llamada de atención. Como si oyera el Himno. La cosa se le había puesto durísima, era impresionante, yo nunca había sentido eso, estaba mojada, mojada, como con cosquillitas dentro del vientre, algo que ardía. Nos fuimos a un cuartito de cachivaches que había atrás, y ahí mismo me desvirgó, y nomás porque yo estaba calientísima no lo maté ahí mismo, era un idiota, tarado increíble, torpe como él solo, era tan estúpido que yo casi me lo tuve que tirar, fue como si me masturbara de otra manera, cuando me la metió sentí que me partían de un mazazo, apenas me estaba recuperando cuando vi que el galán estaba chaca chaca bien metido, ya se iba a venir, y entonces no sé cómo lo caliente le ganó al dolor y a lo feo que era todo eso, y me vine padrísimo, sensacional, creo que hasta me puse a decir no sé qué cosas, hasta bizca quedé.

Por las orejas no. Nos besamos por primera vez en la calle. Entre la delicia de sus pechos y la sorpresa de su lengua que lamía las paredes de mi boca, fugazmente (un relámpago, un resplandor: un parpadeo) advertí que mi boca estaba acostumbrada a otra, fina y delgada; a otro aliento, otra presión, otro sabor: la boca de otro rostro que de ninguna manera era el accidentado, pedregoso, que se hallaba junto al mío. Pero fue más poderosa la fuerza de ese cuerpo maravilloso que cualquier nostalgia imprecisa, así es que nos fuimos, caminando, sin dejar de besarnos y acariciarnos; conforme avanzábamos por la avenida en la madrugada sentía que me hallaba suspendido en una embriaguez suave y deliciosa, una serpiente ondulada en mi espina dorsal.

De súbito me llegó una imagen, o más bien la instantánea recreación de una experiencia total: me vi cargando, en la oscuridad cerrada de la noche, el pequeño cuerpo calientito, dormidísimo, suelto, de un niño de cuatro años de edad; yo lo llevaba, lo acariciaba, lo deposité frente al excusado, cuya tapa levanté a ciegas. Le saqué su penecito, el cual, una vez fuera, soltó un chorro estrepitoso de orina, mientras yo sostenía el cuerpecito derrengado; después lo volví a cargar, al hombro casi, como costal, lo cual indicaba pericia en esas operaciones, y lo llevé a su cama, donde el niño siguió profundamente dormido. Yo, contemplándolo, pensé que cargar a ese niño en la madrugada era una experiencia sublime.

Esta visión, flash back revivido, no afectó la cachondez para nada. En las escaleras maltrechas del Gran Hotel Cosmos nos detuvimos hasta siete veces más. El contacto del cuerpo de la reina Consuelo era tan desquiciante, tan delectante, que me enervaba, me secaba la boca, me sacaba de la caja de bateo. Apenas abrí la puerta del 404 ella la empujó con fuerza. Ay, Lucio, decía ella, la hemos pasado padre, padre, padre... Estaba feliz la condenada Queen Kong. Encendió el foco del techo, que no convirtió al cuarto en un recinto prodigioso, y luego fue a la ventana.

Yo no estaba para pláticas. Fui hacia ella y le repegué mi cuerpo por detrás: las manos en los senos, ay Dios, el pene bien paralizado palpitaba entre las nalgas. Estaba a punto de desvanecerme de placer. Ella, en cambio, dando traspiés se desprendió de mí, fue al ropero y lo abrió. ¡Cómo!, exclamó, ¡no tienes ropa! Sólo la que tengo puesta, repliqué. Pues quítatela a este ritmo. Se rio al ver la expresión que hice y añadió: no sea tonto, Lucio, sólo quiero ver cómo me quedan tus pantalones, ¿sí? Con rapidez se quitó la ropa que llevaba adherida a la piel; me fascinó que esta reina Consuelo del Metro Parado no usara calzones. El triángulo púbico apareció, sedoso, ibravo!, y estuve a punto de echarme un clavado a la vieja gruta donde nada la sirena, pero ella me contuvo, con una risa ebria, y se quitó la blusita; al alzar los brazos los senos brotaron con duros estremecimientos. Tenía los pezones bien erectos. Chelito, no puede ser, me oí decir, no es correcto que estés tan buena, mhija. Esto tiene que ser un sueño, agregué después, sonriendo, pues otro plano remoto dentro de mí sopesaba la posibilidad de que, en efecto, todo fuera un sueño, pero qué sueño en todo caso, pensé. Ella me bajaba los pantalones, semiarrodillada frente a mí; advirtió en el acto mi pene hinchado, impaciente, y, por encima del calzón lo recorrió suavemente y después le dio unas mordiditas juguetonas, ¡ah, esa muchacha era una artista!, alzó la cara: tenía los ojos vidriosos y una sonrisa de placidez, estaba pedísima, por supuesto, pero no perdía la elegancia, el total dominio de sí misma, una seguridad natural y fluida, que me hizo pensar, con los pantalones desplomados a los pies, que vivía un evento importante, misterioso, que con mucho rebasaba lo cotidiano; representaba algo decisivo para mí no porque esta reina del metro fuera a meterse a caballazo limpio en mi vida; más bien (creí) significaba haber ingresado, sin saberlo del todo pero a la vez bien alerta, en otra zona de mí mismo, una terraza a la noche caliente que siempre está allí, la culminación de escarpados ascensos: la terraza de la diosa negra. Pero también, e ignoraba por qué, pensaba que ese faje con reina Chelo implicaba una gran victoria sicológica para mí, pero ella ya se había puesto mis pantalones, metió las manos en los bolsillos, chaplinescamente, y se miró en el espejo. La holgura de mis pantalones resaltaba la soberbia majestuosidad de los pechos y la cintura. Me acerqué a ella, controlando los deseos de lengüetear su espalda, la parte trasera de la cintura. Te los regalo, le dije. ¿Los pantalones?, preguntó, ¿y tú qué te vas a poner? Me quitaba la camisa ahora. Y el chon. Mi miembro erecto llamó su atención y se lo metió en la boca. Yo caí en un pozo más profundo e interminable que el de Alicia, un ardor húmedo suavizaba y también acrecentaba la dureza del pene, que me dolía cada vez que trataba de estirarse aún más.

Nos abrazamos, desnudos, de pie, frente a frente, y algo ocurrió. Un definitivo y repentino cambio en nuestro estado de ánimo, fue como si de pronto cobráramos conciencia de que habíamos llegado a una euforia serena, una dulce y divertida solemnidad.

En la cama le besé los senos, pasé mi lengua por los pezones, apreté los conos perfectos, me alcé para restregar la verga en las montañas mágicas, pero la sed de su sexo era intolerable y hacia allí me fui, besando el vientre, la lengua en los vellos espumosos, los labios vaginales contenían un líquido espeso, una fibra de dulzura que transportaba, no era posible tal deleite, alcanzaba a pensar, con las manos bien adheridas a las nalgas, ni remotamente había tenido una experiencia parecida, ni siquiera con ese otro cuerpo que yo conocía y me era un completo misterio, siempre hay un momento, una grieta imperceptible en el tiempo, en que se cuela uno a espacios más altos y pasmantes. Tenía ganas de llorar de tanto placer, pero ella me dijo mi amor mi amor... ahora déjame a mí gozarte un ratito.

Con suavidad nos dimos la vuelta y yo quedé bocarriba. ¡Te juro que su cara ya no me parecía horrenda sino adecuada, de hecho bellísima! Ella se tendió encima de mí, y se concentró en besarme con acuciosidad, de nuevo lamía con fuerza cada parte de mi boca, y aunque otra parte de mí seguía considerando que esos besos eran diferentísimos, que no tenían nada que ver con los de mi mujer, en ese momento estaba seguro de que yo tenía una mujer y que ella, sin la más mínima duda, me pertenecía, nos pertenecíamos, nos habíamos conformado el uno al otro; saberlo le daba otra dimensión a los quejidos melodiosos, las notas de Chelo, don't make it my brown eyes blue, quien me besaba el cuello, las tetillas, y por suerte pasó a mi ombligo, siempre con los mismos quejidos elásticos, ondulantes, enervantes, apenas audibles. Ya había llegado a mi peneque y lo besó a todo lo largo de la columna, lamió los testículos y después se introdujo la mitad de la barra en la boca, con las manos prendió con seguridad la base y procedió a apretarla, a estirarla, a distenderla; como antes en la boca, la lengua lamía con fuerza el glande, la boca succionaba y a mí, te lo juro, se me iba la mente al amanecer allá afuera con sus nubes de colores encendidos sobre el viejo valle, una cavidad ardiente que masticaba el cuerpo con espumas casi sólidas, la dulzura de entregarse a la muerte de pliegues húmedos. Chelo Métrica volvió a besarme la boca, lo cual agradecí pues ya sentía el ruidoso advenimiento de un santo venidón; mis manos no se saciaban de acariciar y apretar esas tetas sublimes mientras, sin dejar de emitir sus quejiditos, ella me besaba con detenimiento, con una delectación morosa; yo no hallaba cómo asimilar esa maestría, la fuerza persistente, efervescente.

Di algo, Lucio, me pidió, mirándome de pronto. Me pareció que sus ojos eran túneles telescópicos, espejos interminables, sorprendente túnel de reflejos infinitos; era bellísima esa reina, quién fue el estúpido que dijo que era fea, se había transfigurado y ahora, dueña de toda la creatividad y de toda la fuerza, desplegaba sus recursos.

Di algo, susurró.

Te amo, dije, maravillado; te amo, repetí, arrastrando, saboreando las palabras, que repentinamente estallaron en jugos de sabor de agonía húmeda; la Reina del Chelo se estremeció, chance hasta algún orgasmillo secreto le brotó; yo ya no pude resistir más, todo el tiempo me sentía la llama que eternamente está a punto de apagarse, la hice volverse y se la metí con lentitud, entre las burbujas de su sexo, en medio de un calor sofocante, intoxicante, en cada parte de mi pene que se deslizaba en la oscuridad apretada, húmeda, ardiente, ya estaba completamente dentro de ella y nos movimos despacito, como en oleadas perezosas, pero, conforme nuestras caderas bombeaban con creciente rapidez e intensidad, me repetía, y eso no me distraía, que mi cuerpo se hallaba herméticamente ajustado a otro, al que extrañaba con creciente viveza, mi cuerpo había creado un sello inexpugnable entre otra mujer y yo, alguien que se movía distinto, que no besaba con vigor casi profesional, cuyo cuerpo tenía otras líneas, otra consistencia, aroma, sabor, textura; era algo que, en ese momento, mientras más me intoxicaba la cogida con la reina, añoraba más que nunca y me volcaba en una sensación insoportable: yo no sabía quién era esa mujer tan próxima e inalcanzable, la cúspide del misterio, ni siquiera sabía su nombre (digámosle Aurora), ni dónde se hallaba en ese instante.

De cualquier manera, los orgasmos interminables, espectaculares, de Concielo me incitaban a erguirme y ver la cadencia de los pechos que contrapunteaba con los violentos pero sabios movimientos de las caderas; vente ya, mi amor, me pidió, y apenas lo dijo cuando en mí se inició la desintegración, mi piel se erizó, un remolino espeso y viscoso se enrolló en torno a mi pene, y de pronto sobrevino un golpe de luz, una fuerza tan poderosa que me hizo gritar, mi cabeza penduleó, osciló, experimentaba un orgasmo trepidante, inmenso, interminable, yo alcanzaba a ser consciente de cómo se desintegraban las partículas de mi cuerpo, todo se desconectaba y a la vez se congregaba con el júbilo de la ola al amanecer; me desplomé finalmente sobre Chelo, mi cuerpo aún titilaba con emanaciones continuas de sensaciones efervescentes, negras; ella ronroneaba bajo de mí y yo me daba cuenta de que acababa de experimentar el orgasmo más intenso de mi vida y, sin embargo, no había eyaculado.

Ay, Lucio, qué venidones, me dijo Chelo, tú te viniste increíble, ¿no?, pues sí, contesté, pero no eyaculé. ¿Cómo que no eyaculaste? Yo creí que sí. Pues no, pero de cualquier manera no me hizo falta. ¿Y no quieres eyacular? Sí, bueno, no sé… Los dos quedamos en un silencio intoxicado, hasta que salí de ella, con el pene bien erecto pero igualmente satisfecho; ella se acurrucó junto a mí, ay qué cosa más rica, dijo después de un largo silencio, ¿de veras no te viniste? Sí, sí me vine, no eyaculé, pero sí me vine perfecto, puta, creo que jamás había tenido un orgasmo tan violento. ¿Y quién te enseñó eso, tú? Las niñas te van a adorar, agregó, mientras tomaba mi miembro y lo acariciaba lentamente, con cachondez progresiva, oye, ¿y puedes eyacular? Claro, respondí, óyeme. Ella se había deslizado hacia abajo, metió el pene erectísimo en la boca y lo succionó y manipuló con tal maestría que en menos de un minuto eyaculé estruendosamente: arqueé la espalda en el aire de forma inverosímil, con movimientos pendulares, agónicos, de mi cabeza, oprimí la sábana como si de ella dependiera mi firmeza sobre la tierra. Finalmente caí, y cerré los ojos: algo me despeñó velozmente hacia una desconexión total, y cuando abrí los ojos de nuevo pensé que había muerto quién sabe cuánto tiempo.

ÍNDICE

La miel derramada, de José Agustín
se terminó de imprimir en mayo de 2007
en Litográfica Ingramex, S.A. de C.V.
Centeno 162-1, Col. Granjas Esmeralda
México, D.F.

11/16 ② 9/13